全民微阅读系列

左右人生

羊 白 著

江西高校出版社

图书在版编目(CIP)数据

左右人生/羊白著. —南昌：江西高校出版社，2017.9(2020.2重印)

(全民微阅读系列)

ISBN 978-7-5493-5866-3

Ⅰ.①左… Ⅱ.①羊… Ⅲ.①小小说—小说集—中国—当代 Ⅳ.①I247.82

中国版本图书馆CIP数据核字(2017)第215677号

出版发行	江西高校出版社
社　　址	江西省南昌市洪都北大道96号
总编室电话	(0791)88504319
销售电话	(0791)88592590
网　　址	www.juacp.com
印　　刷	永清县晔盛亚胶印有限公司
经　　销	全国新华书店
开　　本	700mm×1000mm　1/16
印　　张	13.5
字　　数	180千字
版　　次	2017年10月第1版 2020年2月第2次印刷
书　　号	ISBN 978-7-5493-5866-3
定　　价	36.00元

赣版权登字-07-2017-1024

版权所有　侵权必究

图书若有印装问题，请随时向本社印制部(0791-88513257)退换

目录 / CONTENTS

不会唱歌　　/001

送给母亲的礼物　　/003

为你偷来的芦荟　　/005

发小刘枣　　/009

争上游　　/012

跟踪邮递员　　/016

奶奶的手帕　　/020

爷爷的橘子　　/022

清明　　/025

书为媒　　/030

圆圆的饼干　　/033

左右人生　　/036

搬石头砸脚　　/039

白减数,黑减数　　/042

我的爸爸　　/045

画奖状　　/051

日历　　/056

清凉的池塘　　/060

麦收　　/064

插秧　　/067

收稻往事　　/070

孙悟空　　/074

谁偷走了我的球鞋　　/076

怀念荷花　　/078

糖　/081

花信风的约定　　/084

成长笔记　　/087

我的第一次打工　　/090

生长的故事　　/094

鲸鱼的呼吸　　/099

旅途上没有完美的座位　　/102

就一张车票　　/105

温暖的手套　　/107

分火柴　　/110

赢馒头　　/112

青春的水果　　/115

青春的秘密　　/118

青春保卫战　　/121

约定　/124

好姑娘　/128

断了弦的琴　　/132

砖头　/136

对峙　/139

结巴　/142

因为你　/146

鱼易臭　/148

哥俩好　/152

飞不了　/154

墩墩让梨　/157

心腹心患　/159

忧愁翻身　/162

优雅装修工　　/165

夏日清凉风　　/168

雅玲相亲　/170

小青的哭泣　　/174

蛇奶奶　　/178

哑狗　　/182

两只跳蚤　　/185

珍珠的味道　　/187

给孩子一个跑马的通道　　/189

我们是彼此的宠物　　/192

北风吹,雪花飘　　/195

和父亲的距离　　/198

孤独的母亲和村庄　　/203

路上的希望　　/206

不会唱歌

有两个小姐妹,一个姓毕,一个姓周,是同班同学,还是同桌,天天一起上学,一起回家。

小毕的理想是成为一个歌唱家,她喜欢彭丽媛,喜欢殷秀梅,她觉得那些优美的音符从她们的胸膛里喷薄出来,繁花似锦,激昂雄壮。她认为,有意义的生活就应该是这样的,像大海一样,汹涌澎湃。在那个贫穷的年代,在她们那个封闭的小镇上,偶尔从大喇叭里飘出来的她们的歌声成为她唯一的精神食粮,她总是嘴里哼着歌,蹦来跳去,同学们叫她快乐天使。

小周的理想是成为主持人,准确的说法是报幕员,主持人是后来的说法,现在已经火得都快要烧着了,谁又能想到?小周喜欢的只是报幕员神气的样子,亭亭玉立的,嘴里念念有词,整台晚会被她引领着,就像是一个美丽的巫师。

小毕爱唱歌,小周爱主持,已经成为班里公开的秘密。年底了,学校要举行一台晚会,让各个班出节目。小毕自告奋勇地报名,要唱殷秀梅的《在希望的田野上》。老师说,你唱给我听听。小毕就站直,用了很大的劲,唱得满脸通红。老师摇头,说,不行,音不准。小毕觉得自己唱得挺好的,央求老师,再练练,再练练一定能唱好的。老师说,好吧,那就弄成合唱吧。

临表演了,老师问,练得怎么样?小毕就让五个同学一字排

开,唱给老师听。小毕的声音最大,最卖力,她尽力想唱得更好些,以便赢得老师的赞许。老师皱皱眉,说,小毕,你声音小点,老师不好意思打击她,你声音一大就跑调,考虑再三,老师没让这句话冒出来。毕竟,小毕的热情一直很高,并且一直在组织这个节目。

又试了几次,小毕还是跑调。她自己也不明白发生了什么,声音就是小不下来,仿佛嘴巴长在别人身上,自己控制不住。老师有些生气了,又不好多说,最后决定,让小毕参加演出,但是,在台上演出时小毕只要做口型,不许出声。小毕的眼泪哗啦一下就出来了。她突然意识到,自己并不是唱歌的料。

这台晚会的报幕员,自然是小周,因为她不但个子高,长得漂亮,普通话也说得像模像样。这台晚会,小周主持得非常好,没出任何乱子。小周自信,她日后一定能成为报幕员的。小毕她们的节目也获得了一等奖,同学们都来祝贺。找来找去,找不见小毕,不知什么时候溜走了。

从此之后,小毕不再唱歌,心思愈来愈多。小周呢,样样都好,就是学习不好,期末测验,竟倒数第一。为了能让她反省,老师决定,让她站着听课,天天如此,整整站了一个月。小周站在同学们面前,明晃晃的,感觉自己美丽全无,她想躲,挖地三尺,可是不能。于是就尽量缩着,把自己缩得更矮、更小。一个月后,小周成了驼背,她的腰杆再也挺不直了,她清楚地意识到自己是个一无是处的差生。

二十几年后,小毕小周再次见面。小毕成了一位作家,小周成了一位纺织女工。小毕说,她至今都不会唱歌。她说,那时候真傻!小周说,是的,怎么那么傻呢?她们都有了想流泪的感觉。

送给母亲的礼物

那年我在离家三十多里的县城读初中。

五月的黄昏,我在学校的操场上读书,听见别班的几个女生在叽叽喳喳地说着"母亲节"的话题,这样的洋节日,我还是头一次听说,新鲜又好奇,想着母亲含辛茹苦养育我不容易,想到明天反正是星期天,何不回一趟家,给母亲买个礼物,向她表达一下我这个做儿子的感激之情和诚挚的祝福。

回到宿舍,路近的同学都回家了,空荡荡的,我又想起母亲,想起她骨节粗大的手,不苟言笑的面容,以及每次我走时她站在巷口看我的眼神……想着想着,心里激动起来。我来到校外的夜市,寻思着给母亲买什么礼物。看来看去,都没有合适的。其实最重要的还是没有钱。家里供我读书已很拮据,我的生活费都是父母从牙缝里挤出来的,哪有多余的钱?再说了,买贵了,母亲必定会责怪。最终,我花一元钱给母亲买了双白线手套。由于长年累月地操劳,母亲的手不但粗糙,已严重变形,就像是耙子,有双手套护着,终归会好一些吧。

第二天一早,我出发了,因为买手套花去了一元钱,我舍不得坐班车,徒步走小路。五月的早晨清新又明媚,一路上我都在心里想着我们家的那个院子,想着母亲、姐姐、妹妹。那个院子虽然乱,但当我想着的时候,心里满是温暖。想到父母对我寄予的希

望,我在心里悄悄告诉自己,一定得努力,考上中专,给父母争光。

八点钟左右,我终于到家了。母亲正在收拾农具,她吃惊地看着我,问我怎么回来了?有什么事吗?我说没事,就是回来看看。看我说得轻描淡写,母亲突然发怒了,说没什么事跑回来干吗?中考在即,不好好复习,跑来跑去不浪费时间?

兜头受到母亲一通没来由的教训,我的心情顿时暗淡下来,如同鞋底的泥,有说不出的沉重,还伴随着不被理解的屈辱。我更像是一个做了错事的孩子,一个只会花钱没有多大出息的孩子。路上我在脑海里上演的那些温情的场面,顿时烟消云散。最终我什么也没解释,一头扎进了自己的房间。

关上门,无限懊恼地躺在床上,突然之间我意识到"母亲节"对于我们这样的家庭是多么奢侈的一件事情,即便我给母亲买了礼物,和母亲近在咫尺,却又如何?对于长期含蓄惯了不善言谈的母亲,我的"母亲节"在她看来是多么可笑,华而不实,因此我已没勇气把礼物送给母亲,相反,我为自己感到羞愧!

之后母亲看见了我包里的手套,开始唠叨个没完,问我买手套干吗?花了多少钱?庄稼人不需要这玩意。哪有戴手套干活的?白手套又不耐脏。真是的,我看你是忘了自己是谁了!

母亲嫌我糟蹋钱,批评我忘本,没有干活的样子。我窝着一肚子的气,没有吃饭,扭头扛着锄头去了家里的坡地。

过了一会,母亲来了,她给我带来两张鸡蛋饼,让我吃饱了再干。然后,母亲从裤兜里掏出那双白线手套,让我戴上,免得把手磨出泡。我没理母亲,也不接手套。母亲看我生气了,讨好地说,买已经买了,买了就戴上吧!

我赌气说,谁说手套是买给我自己的?我有那么金贵吗?

姐姐看出我和母亲在较劲,劝解说,那这就奇怪了,弟呀,既然你不是买给自己的,谁又用得着呢?

我把手套扔给母亲,继续赌气说,反正我不戴,你不戴扔了就是了。

母亲愣了一下,没再看我,而是盯着脚下的土坷垃,一个劲喃喃地说:哦,原来是给我买的,这又何必呢,等你出息的那一天,给我买东西也不迟呀!

顷刻之间,我的泪水夺眶而出。

第二天母亲送我去学校时,我依然没有说出那双手套的来路,更没敢告诉母亲天底下有一个特殊的节日,叫"母亲节"。我心里想的是,什么时候我才有出息?才可以大大方方地孝敬母亲呢?

现在我出息了,母亲却义无反顾地离去了!那双一元钱的白线手套,从此成了我送给母亲的唯一礼物。现在想起,已全然不是寒酸和羞涩,而是庆幸。庆幸在我年少之时,也曾偷偷地为母亲过过一次"母亲节"。

为你偷来的芦荟

我们班里有个女孩,叫李春芽。李春芽长得眉清目秀,我们男孩都喜欢她。

有一天,李春芽削铅笔时,把食指削了,血流不止,老师赶快用布条给她包扎了一下,然后让她回家休息。

第二天,李春芽来上学,同学都争着抢着看她的食指,关心她,问她疼吗?这让她难为情。她摇头,又点头。胡振山头头是道地说:"能不疼吗,十指连心呢……"胡振山还说,他大伯家有云南白药,治伤口可管用了,他要给李春芽要一些。

胡振山的一席话,让我羡慕,又自卑,觉得只有他配关心李春芽,我呢,纵然也想爱护,可我能干什么呢,一点力也出不上。

几天后,李春芽的食指还是裹着布,写作业都困难。我问她,胡振山给你弄来云南白药了吗?李春芽红着脸,摇摇头。我一筹莫展地写作业。突然想起前几天,我囫囵吞枣看过的一本武侠小说里,一位大侠在山野受伤,他找来芦荟,切片取汁敷在伤口上,很快愈合了。芦荟有如此的神奇的疗效,让我惊奇。如今是惊喜。如果我也弄到芦荟,李春芽的手不是很快就可以好了吗?我眼睛一亮,兴奋起来。接下来的课堂,我一直在琢磨芦荟的事情。

当时农村艰苦,吃都紧张,没人养花养草。至于芦荟,我压根就没见过。查新华字典,字典里有"芦"这个字,解释的词条却是芦苇。我再查"荟",解释的却是荟萃。我问了好多同学,他们也不知道芦荟。不过王宏斌告诉我,语文老师有一本大字典,兴许里面有,可以查一查。

我编造了一个学习上的理由,问李老师借来了那本大字典,一查,居然真有,还配有芦荟的简图。文字里也明确说了,芦荟有消炎的作用。我心里大喜,像是看见了一道曙光。

可是,到哪里去找芦荟呢?

农村显然没有,学校也没有。唯一的希望,就是去镇上看看。为了保险起见,我特意找来一张白纸,把芦荟的简图画了下来。

放学后,我向镇上飞跑而去。跑到镇上,已大汗淋漓,我脱掉衣服,先在湄水河里洗了个澡,然后去卫生所,供销社,乡政府看了看,都没有我要找的芦荟。我想不明白,这么好的东西,为什么就没人种呢?

反过来想,没人种,不正说明其稀奇珍贵吗。稀奇的东西必定神奇,有特殊的疗效。这就等于说,书上的说法是可信的。

我精神高涨,继续在镇上游荡,眼睛像猎犬一样机警地搜寻着,心里念着:芦荟,芦荟。希望有奇迹出现。

整个橘园镇都被我转遍了,依然不见芦荟。

我意识到,必须得冒险,去791部队看看了。

791部队在镇西的伏牛山山脚下,大铁门常年有警卫把守。听人说,那里面很大,有秘密的山洞,里面装着枪支弹药。

来到791部队的大门口,看着笔直的警卫,我心里"啪"的一声,似乎是一只苍蝇被人打住了,惊慌又绝望。

如何才能进去?绕到后面爬围墙,这是个办法,却太冒险。我个子矮,况且不清楚里面的布局,说不定刚跳下去就被人家活捉了。

做贼心虚,怕警卫员留意到我,我躲到侧面的角落里想办法,做思想斗争。

很快,过来几辆牛车,上面装着石头。部队里面常年有土木工程,我快步跑上去,给一位农民老伯推车,假装是他的孩子,混了进去。

我忐忑不安地四下张望,里面有许多红砖砌就的楼房,高大,气派,多是三层四层。我举棋不定,不知该往哪个方向去。

我琢磨,军营里肯定没有芦荟,必须找家属区。我开始留意哪有女人，哪有小孩。我走走停停，心虚得不行。后来，我终于找到了家属区，有三四栋，皆是三层高的青砖楼房。我寻来找去，阿弥陀佛，功夫不负有心人，在一家二楼住户的阳台上，豁然出现了一盆芦荟，肥厚碧绿的叶，小剑一样舒展着，让我眼里放光。我拿出简图，就像是拿着一张寻宝图，正儿八经地比对着，没错，就是我要找的宝贝。

登门讨要显然不可能。爬楼，高虽不高，却不实际，大白天，被人看见怎么办？

于是，一个念头在我心里冒出来，那就是等天黑再行动。

里面有竹林，我猫到背人处，折来一根长竹竿，又在竹竿的顶端破了口，弄成一个夹子的结构。我打算用竹竿把芦荟叶夹下来几片，神不知鬼不觉的，住户应该不会发现。

等到天黑，各家住户的灯陆续亮了起来，小区里并没有闲人走动。我躲在楼下的树影里，心突突地直跳，生怕有住户会突然出来。因此我轻手轻脚，尽量不发出声响。

我的计划基本可行。只是夹子有点软，要把柔软的芦荟叶子取下来并不容易。为了增加力量，我不得不旋转竹竿，左右扭动。

终于，我取下来了两片芦荟。心里好激动。

取第三片时，由于扭动的力量过猛，把旁边的一个小花盆碰了一下，只见一个黑影坠落下来，我本能一躲，头躲过了，却"砰"的一声砸在了我的脚背上。我顾不上疼痛，扔掉竹竿，落荒而逃。

我一口气跑出很远。心都快跳出了，感觉随时会被人瓮中捉鳖。

出大铁门时，我以为警卫会盘问我，可是没有，就好像我不值一提，一只流浪猫而已。

出了791部队,我长舒一口气,这才意识到脚上的疼痛,肚里的饥饿。狼狈不堪的我,总算胜利而归了。

第二天,我的脚肿得像一块馍。我一瘸一拐地走,把三片芦荟叶送到李春芽家。我自信满满地对李春芽说,这芦荟叶很神奇的,把汁液涂在伤口上,很快就会好的。李春芽将信将疑。她问我,这玩意是从哪里弄来的?我没有说。也没告诉她我脚瘸的原因,只是说不小心把脚扭了。

几天后,我问李春芽,手好些了没有。李春芽说,好些了,你看,新肉都长出来了。我好高兴,感觉自己做了一件了不起的事。

可春芽接着又告诉我,那三片芦荟叶,她压根就没用。因为她妈妈问了医生,医生说了,芦荟不是药,只能起辅助作用,还是用云南白药可靠一些。

那一刻,我有一种上当受骗的感觉。我把裤兜里的芦荟草图掏出来,撕碎,狠狠地用我的瘸脚又跺了一下。一股锥心的疼痛,蔓延了我的全身。永远不会有人知道,我为什么要流泪。

发小刘枣

刘枣原名刘早,他改名的过程很有意思。上《从百草园到三味书屋》那一课,少年鲁迅在课桌上刻了个"早",刘早的名字里也有个早,老师就让他起立回答这个"早"字有什么深刻的含义。刘早害羞得不行,他当然知道这个"早"字是要抓紧时间,刻苦学习,可他就是一声不吭,哑巴一样站着,似乎回答这个问题让他羞耻。

老师看他迟迟不回答,本来要发火的,突然灵光闪现,笑眯眯地说,刘早同学,"黑发不知勤学早,白首方悔读书迟",你学习一塌糊涂,我看你还是改名刘晚算了。同学们一阵哄笑。下课后,刘早有了外号:刘晚晚,谐音绿碗碗。

面对同学的嘲笑,刘早似乎满不在乎。然而第二年,刘早硬要父母给他改名,改成刘枣。他父母纳闷,曾向我打听。我当然不能说出"绿碗碗"的来历,刘早是我的好朋友,我能体会到这里面有尊严,理应替他维护。

改名刘枣后,依然有同学叫他"绿碗碗",可我从来不叫。我叫他红枣。我觉得这样的外号才是与他相配的。刘枣脸色红润,身体结实,行动敏捷,动手能力尤其强,他做的泥手枪、弹弓、陀螺、火药枪,都漂亮极了,让同学们很是羡慕。

刘枣是家里唯一的男孩,上面有三个姐姐。我喜欢和刘枣玩,我得承认,有一个因素是因为刘枣比较大方,他总是把好吃的东西分给我,比如瓜子、花生、核桃,而且不提任何附加条件。我学习比他好,让他抄作业,在我来说也是自愿,没有丝毫要挟和交换的意思。我们形影不离,结伴上学放学,玩耍、寻猪草,跑很远的村庄去看夜场电影。

记得有一次,我和刘枣去后湾村看电影,几个戴军帽的小混混要搜我们身上的钱,情急之下,刘枣把一个二分硬币塞到了嘴里(这一招,其实也是我们从电影里学会的)。小混混们不甘罢休,要刘枣张开嘴,把钱吐出来。关键时刻,刘枣大义凛然,嘴巴紧闭着,宁死不屈的样子。逼急了,刘枣竟然像电影里演的那样,把硬币吞了下去。

当时我们并不知道后果,还不知道有个词叫"吞金自逝"。

回村的夜路上,我和刘枣都不说话,心里突突地想着那二分硬币。我能感觉到,我们都有些害怕。发生这样的事,该怎么给大人说。如果吞进去的硬币出不来,会怎样?

临分手了,我们在黑暗里愣着。我问刘枣,你肚子疼吗?刘枣摇头。最终他拍拍我的背,似乎在安慰我,不必为他担心。他告诫我,统一口径,就说玩时不小心把硬币咽下去了,这样都不会挨打。

此后,刘枣的父母多了一块心病。虽然铝的比重小,不像金子那样危险,但毕竟是一块不小的金属,在肚里出不来总是个阴影。他们想方设法地给刘枣吃利于排泄的中药、食物,比如木耳,在当时是很贵的,他父母会隔三岔五给刘枣吃,期望他能在排大便时排出来。

刘枣每次大便完,都要扭身检查,看有没有那二分硬币。由于学校的厕所粪坑太大太深,不便观察,刘枣通常会跑到野田地里解决。好在我们小学的围墙不全,出去很容易。而我,也会跟过去,等他便后一起用树棍拨拉,似乎在共同完成一件重要的事情,因此一点也没有脏和臭的感觉。我觉得自己有这个义务。我们守着同一个秘密,只要那硬币一天不出现,我们就无法安宁。

时间一长,刘枣和我的神秘举动,引起了同学们的好奇和怀疑。他们窃窃私语,甚至给老师打小报告,说我们很有可能在从事什么"特务"活动。

奇怪的是,那枚二分硬币一直没有出现。

后来刘枣的父亲带他到县城的医院做透视,肠道和胃里也没

有。是消化了？还是什么时候拉出来了？刘枣不知道。他父母倒是高兴，只是不敢完全相信。仪器毕竟是仪器，也有不准的时候。于是父母继续给他这个独苗吃木耳，叮咛他不能松懈，便后继续检查。

刘枣呢，因为没有大碍，没太当回事。

记得有次学校里来了个卖彩泥的，十二生肖捏得惟妙惟肖，一个小老鼠，二分钱，一条龙，五分钱。同学们都稀罕得不行，围着看热闹，叽叽喳喳地议论纷纷。

放学后，刘枣看卖彩泥的还没走，他拉我到校外的油菜地里，兴奋地说，他要把肚里的二分硬币拉出来，他坚信应该还在肚子里，如果消化了，多可惜！

于是他郑重其事地蹲下来，脸憋得通红。在那一刻，我们是真心希望那可恶的二分硬币，还潜伏在刘枣肚子里，在我们最需要的时刻，如果能奇迹般地出现，该多好！

争上游

我们小时候最爱玩的一种扑克牌叫：争上游。

这个名字起得好，努力拼搏，力争上游，谁不希望赢牌？傻子才甘愿给人进贡呢。

我们打牌，通常是在大场里。在某个草垛旁，或某个石堆处。我们最喜欢的地方，是在看守大场的木庵子里。

木庵子在大场的东南角上,用四根圆木撑起来,威严得像炮楼。木庵子上有栏杆,可以四面眺望,就像是空中楼阁。木庵子的高度,单悬空的部分,就有七八米。毫无疑问,木庵子是用来看场的,主要是收获季节,所有的粮食都在大场里,在彻底晒干之前,就得一直有人看着。但一旦入仓之后,木庵子就空了出来,被我们这些调皮的孩子所霸占。

上木庵子,不是那么容易的。因为当初修木庵子时,就没有修楼梯。而是临时搬来一把长梯,人走后就撤掉了。

没有楼梯,难不住我们。我们农村孩子的强项,便是爬树。谁不会爬树,那简直是要被人笑话的。至于那些爬树高手,就是我们心目中的英雄,往往也是我们之中的孩子王。

我们一人抱一根圆柱,双腿交缠着,比赛似的往上爬。说实话,爬上去要下点功夫。因为圆柱不是树,树有树皮有树枝树节,摩擦力大,还可以踩在树节上稍事歇息。圆柱光溜溜的,再加上天长日久被我们摩擦,就更容易往下滑了。因此要一鼓作气,奋力地用臂上的力量和腿上的力量往上送。如果谁中途失败了,溜了下去,就会暂时取消机会,让下一个人上。

打争上游我们习惯四个人,想打牌的可就多了。谁先上去,谁就先占了名额。因此,溜下去的,往往会被嘲笑。被嘲笑者,唯有暗暗加劲,苦练技术,在下一次的时候抓住机会。我清晰地记得,我们当时爬木庵子前的预备动作,是狠狠地往手心里吐点口水,摩拳擦掌,似乎在告诫自己,为自己鼓劲,当然,也是为了增加手上的摩擦力。

上了木庵子,打牌的人坐定,当背光的虽然不甘心,也好歹有接替的机会,就诚心诚意地加入进去,叽叽喳喳地议论着,出谋划策或渲染气氛。

我们那时,牌非常珍贵。我记忆里好像就没有新牌,都是缺角变色的旧牌,有的还不够,用别的花色的牌来顶,或者干脆用硬纸片画一张来充数。

我们一帮孩子中,就刘枣有牌。因为我和刘枣关系好,顺便能占点便宜,他时不时会向着我,我打牌的机会就多一些。

我们之中,铁牛打牌最赖,连输三把以上,就吵吵了,说这种打法不公平,要求废除进贡制。但我们认为,这是天经地义的事情,赢家不收贡还能算赢家吗?输家就该进贡,谁叫你输呢。

当然,我们和铁牛一样都有着输牌的经验,我们清楚背贡的沉重。争上游的特点,就是赢家的牌会越来越好,输家的牌会越来愈差,就像地主越来越富,贫农越来越穷。除非你手气好,揭了一把大牌,才可以咸鱼翻身。

铁牛吵吵,要求废除进贡制,我们认为他是开国际玩笑。废除进贡,赢家不收贡,输家不付出,这打牌还有什么意思?

争争吵吵之中,有时看输家太可怜,赢家也会做出让步,牌太穷,不舍得进老大,那就进老二吧。

铁牛这家伙,一旦翻过身,就不提废除进贡制的话了。赢了牌还嘎嘎地笑,一副自得的样子,实在让人受不了。

有一次,刘枣是赢家,我连输了几把,手里也就仅仅一个2,我也要求不进老大进老二,刘枣看他手里的牌不错,点头同意,铁牛却不愿意,说这样不公平,我不进老大,如果跑快了,他当不成了贫农,要给地主老财背租纳贡。

我反驳,那你求饶进老二的时候怎么不说了?

铁牛死活不同意。最终我们吵了起来。铁牛看刘枣帮我说话,一副委屈的表情,说他不玩了,他的洋火枪我们休想玩。

刘枣看他要挟,生气了,一把从他手里夺过牌,说不玩了就不玩。然后一个背光机灵地就顶了上来。

铁牛认为自己受了欺负,恶狠狠地对刘枣说:有牌有什么了不起。哼,我的洋火枪你们休想玩。说着他扭身从木庵子上滑了下去。

那场牌我们一直打到黄昏。天黑了,我们不得不散场。

刚下木庵子,铁牛跟了过来,他手里拿着洋火枪,在我们面前显了一下,然后飞快地跑走了。

我想说的是,长大后,我再也没打过争上游。上初中后我们喜欢打升级。这种打法至今在流行,或者以双扣的形式被人们娱乐着。但争上游,真的是没人玩了,已经成为一个标本。因为那实在是一种奇怪的打法:一方面鼓励拼搏,力争上游;一方面又割不掉陈腐的东西。现在的争上游,如铁牛说的那样,是废除了进贡制的,即便是赢钱,游戏本身是公平的。

没有一样游戏,不是时代的产物。我们玩游戏的时候,其实是在模仿现实。我以回忆游戏的方式,回味我童年的那个时代。

跟踪邮递员

我上小学时,农村还没有电视。我们一帮孩子,除了上学,整日在村庄田野里疯跑疯玩,对外部世界一无所知。

下午放学后,我们通常会结伴去寻猪草,在田野里游荡、嬉闹。很多时候,我们会拐到通往县城的马路上,在路边玩石子,眼巴巴地看过往的车辆。那时马路上的车极少,偶尔会开过来一辆拖拉机或卡车,我们就叽叽喳喳地议论个没完。

我们热烈期盼的,是高大气派的公共汽车。从我们这经过的,一天不超过两趟。每当威风凛凛的公共汽车绝尘而去,我们心里有说不出的失落,甚至是怨恨——我们会追着跑,用石子掷打公共汽车的屁股。

我们还盼望一辆绿色的自行车。骑在上面的,是个四十多岁的男人,高颧骨,大嘴巴,样子有点丑。然而说实话,我觉得他很神气,他可是邮递员呀,吃公家饭的人。

每天黄昏,他会从我们村前的马路上经过,把县城的邮件驮到镇上。他车后座上那个绿色的邮包,鼓鼓的,马鞍一样跨着,口上用布带绑住,我们看不到里面的东西,但可以想象,那里面的邮件,是从外部世界过来的。

邮局是绿色的窗口,而信件是鸽子。此刻它们神秘地窝伏在邮包里,从一个地方转往另一个地方,让人浮想联翩。镇上邮局和供销社、卫生所在一起,是最繁华也最重要的地方。我和大人进过供销社进过卫生所,但就是没进过邮局。当然邮局任何人都可以进,没人管你,但我还是心虚,在门口看看,羞怯地跑开了。

归根结底,我家里没人在外边工作,没有这方面的事务。亲戚也没有,都是土生土长的农民。这就让我对外边的世界更向往更崇拜了,常常坐在高坡上望着县城所在的方向发呆,心想城市就是天堂,城里人都很体面。

直到多年后我进城,才发现是错觉。但这错觉在当时很美,很温暖,就像是童话。在眺望的过程中,我们不由自主踮起脚尖。更像是一块漂亮的磨砂玻璃。因为看不清、隐隐约约,而有了更大的好奇。

我的伙伴铁牛的哥哥在新疆当兵,偶有信件寄来。他曾偷出来让我看过,气派的牛皮纸信封上,有一个醒目的红三角,红三角里有颗红五星。铁牛骄傲地说,部队上的信是免费的,不掏钱,不用贴邮票。他说着的时候,我心里好嫉妒。是的,我也想拥有一封信。我也想写一封信。可没人给我写我也没人可写呀,一种空荡荡、孤苦伶仃的挫败感,让我羞愧。似乎是被某种美好的东西抛弃了。我渺茫的梦想,连可以停歇的草尖都没有。我沮丧,不甘心,却也无可奈何。

毫无疑问,藏在邮包里的信件,是从千里之外千里迢迢过来的。它们重要,珍贵,有多少人在盼着,等着?我见过铁牛他爸从邮递员手里接过信件时的那份激动,迫不及待展开,文字就像密码,又像是火苗,灼得他的眼睛只能先看个大概,然后在家人之间传阅,在之后的日子里慢慢品味。

有盼头有念想的人是幸福的。送盼头的人也是幸福的,还多

了一份神圣——"绿衣天使",这是多好的工作呀!父母告诉我,有一种学校叫邮电学校,只要我好好读书,考上邮电学校,将来就能当邮递员。这让我振奋,对未来有了明确的憧憬。

给我们村送信的,是一个叫陈军的邮递员。陈军个子不高,是个憨厚的小伙子。他是从部队上转业回来的,因为户口没法解决,听说只是个临时工,但在我看来,很不起了。

有一天我在坡上寻猪草,看见陈军过来了。我知道,他送完了我们村,还要给另外三个村送,这几个村子都在丘陵地带,路是绕来弯曲的斜坡路,没法骑自行车,我好奇他是怎样走路送信的。

我躲在灌木丛,看他一步步走近。他把邮包斜背在身上,两只胳膊走起路来甩得很开,有一种说不出的潇洒和豪迈。我心里突然生出一个想法,跟踪他。

是的,跟踪他,这个想法让我兴奋起来。那几个村子我都去过,没什么稀罕,我就是想跟着他,看他走路的样子,看他是怎样把那些神秘的信件派发出去的。

路上行人少。我的感觉就像是在做贼,生怕他回头发现我。因此我装模作样,每走一截就停下来割猪草,不敢离得太近。可他压根就没回头,一直威风地走往前走,嘴里哼着《血染的风采》。我看着他的背影,听着他的歌,感觉好亲切,似乎和他建立了某种关系。但另一方面,我又心虚,万一他发现了我,我该怎么办。

我一直跟了他很长一段路。后来迎面来了一个人,和陈军聊起了天,我不好再跟踪下去,拐了个弯跑了。

虽然我们家没信,和陈军没瓜葛,可我知道附近村子里的人都很喜欢他。通常情况下,主家会和邮递员热烈地聊天,并以此为荣。有不识字的，干脆让邮递员读信。读完后，免不了要给主家解释一番。如果是高兴的事，自然恭喜祝贺；如果是难办的事，还得出出主意；如果是不好的事，又得安慰一番。如此一来，邮递员已不单单是送信人，还成了咨询员。遇到热情好客的，泡茶倒水也倒罢了，有的还要留下吃饭，尤其是碰到喜事，比如谁家当兵的儿子提干了，谁家的孩子考上好学校，收到了通知书，主家总觉得有邮递员的功劳。

有趣的事，这个陈军，后来成了我姐夫。我大姐在村小学当民办教师，按我父亲的愿望，是想找个公办老师。可几年下来没能如愿，我父亲急了，托媒人四处介绍。有人就把陈军介绍给了我姐。父亲起初不同意，嫌他个子有点矮，最主要的是嫌他是个临时工。我姐呢，一直不表态。

有一天晚上，大姐拿出一沓信，害羞地对父亲说，这些信都是陈军写的。我大吃一惊，说这么多的信，怎么从没见过他为咱家送过呀？父亲白我一眼，示意我滚开，说，矮是矮点，倒是个有心的人呐。

有一年春节，我们一大家子在一起吃饭。陈军已经光荣地成为一名正式的邮递员，几杯酒入肚，我问姐夫，当年对我姐都说了些什么？怎么有那么多废话呀。并向他说了当年跟踪他的事情。

姐夫笑着说，他那点墨水，哪有那才气呀，不过是一些空信封，和你姐串通了来骗咱爸的。

父亲鼻子一哼，骄傲地说，就你们那点把戏，我早识破了。这，也许就是缘分吧，来来来，不是一家人，不进一家门，干！

奶奶的手帕

除了擦鼻子擦嘴,旧日乡下,女人们还有用手帕来包头的习惯,算是简易的帽子,可以遮风挡沙。不过,我奶奶有一方手帕,专门是用来包钱的。

那是一块土布手帕,上面绣着一枝嫣红的桃花,两只黄蝴蝶,以及一只敛翅将歇的蜜蜂。令人奇怪的是,如此好看的图案,底色却染成了紫黑色,把春日的美景给淹没了,显得陈旧,让人心生遗憾。

在奶奶去世多年后,有一次听大姑姑无意说起,说奶奶的那块手帕原本是白底的,是奶奶出嫁前绣给自己的嫁妆,后来不知出于什么原因,把手帕染成了紫黑色。那块手帕,奶奶用了一辈子。据父亲讲,直到临死前,奶奶的手帕里还包着七块八毛钱,就在胸口的位置。

在那样的年月,一个乡下老太婆不可能有太多的钱,有限的一些零票,外婆会很认真地摊开,用手摩挲着压平,把小钱叠在大钱上,叠整齐了再对折一道,就显出了厚度,然后郑重地放在手帕的中央,对角包起来,包得四四方方、严严实实,藏在棉衣或内衣的袋里,然后才安心地继续她手里的活路。

在我的印象中,奶奶是很吝啬的,对我们这些孙辈的纠缠,至多也就是一把自炒的黄豆。但每年临近春节,奶奶偶尔也会带我们去镇上,顺便给我们买几根甘蔗。奶奶买东西总是异常磨叽,不厌其烦地讨价还价,待卖的人烦了,做出让步,讲定价,过好秤,奶奶才小心翼翼地掏她的手帕。奶奶一手撩起斜襟衣裳,一手在层层的衣服里挖;挖出来后,攥在手心里,停一下,然后才把骨节粗大已变形的手指松开。在另一只手的配合下,那块难看的紫黑色的手帕却像一朵奇妙的花,一瓣瓣绽放,最后露出花蕊——一把花花绿绿的钞票。奶奶总要把该付的钱数过三遍以上,这才不放心地交给卖主,眼睛一直盯着自己的钱落进卖主的口袋,一颗心似乎才落了地。然后,奶奶舒一口气,很满足,又似乎很心疼地把那些剩下的钱再次叠好,拿紫黑色的手帕包住,捏一捏,两手哆嗦着放回原处。奶奶做这一切很慢,一丝不苟,有特写的意味。因此在我很小的时候就已经知道,所有的钱都是来之不易的,是有体温的。因此,虽然我们调皮,嘴馋,可我们从来不敢去碰奶奶的手帕,也从来不敢去提一些非分的要求。在我童年的印象里,钱是神奇的,同时又是危险的,需要不断去抚摸并珍藏的。

一次,在一个葬礼上,听一位同族长辈讲,她年轻时和奶奶是要好的姐妹。有一年春节,她们去赶集,结果奶奶手帕里的一块多钱,不知怎么就不见了,手帕却依然在兜里,奶奶很是懊悔,眼泪都出来了。回去后便把原本漂亮的手帕染成了紫黑色。这样安全一些,不致引起别人的注意。

那时,上了年纪的女人,都有用手帕包钱的习惯,算是贴身的钱包吧。因为年纪大,受过穷,饱受过人间疾苦,她们最清楚钱来得不容易,因此格外珍惜,把钱藏得很深,很小心,很崇敬。钱到了她们的手上,就会被当金子一样包着,如同是握在手心的菩萨。她们手上的钱注定不会多,但精打细算,细水长流。她们时常会在无人的时刻把胸口按一按,看钱还在不在。遇到闲暇无人时,会忍不住从胸口掏出来,食指上蘸口吐沫,很满足很享受地清点,以防止记错,遗失。她们的一辈子,就是这样小心翼翼、心怀虔敬地过下来的。这是她们对生活一贯的态度。

那些被奶奶的手帕层层包裹的钱,经了奶奶的体温,就跟奶奶一样有了慈祥和温暖,让我记忆犹新。奶奶的手帕,包裹的是一家人的口粮与希望,也包裹着奶奶皱巴巴的一生。

爷爷的橘子

淮南为橘,淮北为枳。秦岭淮河沿线是我们国家南方北方的分水岭,既是地理气候上的,也是文化上的。一山之隔,风景迥异,民俗不同。

汉中北依秦岭,南凭巴山,是一个狭小的盆地。

由于被大山包围,这里交通不便,相对闭塞,是理想的避乱之地。

另一方面,在军事上,这里又是兵家必争之地,七条有名的栈道,成为扼守南来北往的交通要道,总称为秦巴栈道,被誉为栈道之乡。其中比较著名的有"明修栈道,暗度陈仓"的褒斜栈道和陈仓古道,以及唐明皇为博得美人杨玉环高兴,"一骑红尘妃子笑"的"荔枝道"。

这里有世界上第一条人工隧道:石门隧道。靠火焚水激的笨办法,于两千多年前,硬是凿出了一条穿山隧道。于是乎,这里有天下第一驿——褒城驿。因为阻隔,而更加渴望通畅;由于束缚,而愈加奋进开拓。从这里走出的伟人,丝绸之路的开拓者——张骞,是偶然吗?

大山阻门,愚公移山。人不会被尿憋死,无论环境如何险阻,总是要寻找出路。这便是偶然中孕育的必然吧。

明清年间,国家动荡,战争不断。为避灾祸,陆续有难民迁徙于此,在如绳的栈道上艰难跋涉,背井离乡,定居下来。据爷爷讲,我们祖上居岐山。至于什么时候迁徙来的,他也说不清楚,依稀听说而已。

在我年少时,爷爷已经是一个老人了。爷爷干净清瘦,留着山羊胡。我对他了解不多,只知道他年轻时在铺镇做过账房先生,算盘打得很溜。他每天漱口,长衫整洁,手指干净,手纸裁成方形,压在一个固定的地方。

每天清晨,爷爷做的第一件事便是倒夜壶。然后漱口洗脸,打扫庭院。爷爷漱口的动作,我印象深刻。他饱吸一口水,然后扬起头来,让水在口腔里咕咚咕咚地翻滚,足足有十几秒,像是水在他嘴里沸腾,要冲掉所有的浊气。然后猛地低头,却不是一口吐出去,而是舌尖上卷,控制住水量,让水在吹出的气流中形成水雾,均匀地喷洒出去。

爷爷漱口的绝招,他并没有教我,是我在回忆中参悟的。我中专学的专业是铸造,铸造要用砂子做砂型,控制砂子的干湿,可以用嘴喷水去控制,这是一项专业技巧,实习师傅一点,我就心领神会。我明白,爷爷是我的老师。虽然他没有郑重其事地教过我什么,但他的存在,本身便是风景。风景也许会消失,但美不会。

美在回忆中会变成油画,变成一种温和的、恒久的情感。

爷爷漱口,其实也是变相的洒水,为接下来的打扫庭院做好准备。

在我印象里,爷爷的做派,不像农民,我没见过他在田间地头干活的样子。从我记事起,他就拄上了拐杖,平时言语不多,不和我们小辈说话,也不和老人们聚伙扯淡。他长衫缓行的样子,更像是影子。我和小伙伴们在大场里奔跑疯玩,有时回头,会看见他在远处看着我们。

上小学后,我们便搬了出去,爷爷留在老房里,和二叔三叔一起过。对于贪玩的少年来说,离开爷爷无伤大雅,他的存在对我来说无足轻重。

然而多年后我悉心分析,我们家没一个文化人,我为什么会走上文学道路? 我才恍然意识到,爷爷对我的影响。不知不觉间,我已经在模仿他了,只不过我不自知罢了。我承认,在精神气质上,我承袭了他,但我对他的了解只是皮毛。

记得有一次,爷爷等在放学的路口,悄悄塞给我几个橘子。整个过程我们都没说话,就像是默片,不过停留了一两秒而已,然后又回到各自的轨迹。当时,除了"升仙村"有橘树,我们竹园村几乎没有,平时难得吃橘子。爷爷给我橘子,我自然高兴,同时又认为理所当然,仅此而已。并没有去想这橘子是从哪里来的。

爷爷去世后,有一次听三叔讲,爷爷在"升仙村"有个徒弟,姓唐,和"一人得道,鸡犬升天"的唐公房是本家。1932 年底,被国民党反动派围剿的红四方面军从城固小河口退到汉中,在铺镇建了个秘密联络站,那个姓唐的共产党,在爷爷手下当伙计。后来红四方面军转移到大巴山深处,国民党清算,把姓唐的抓起来,严刑拷打。把爷爷也押走了,告诉他揭发有奖,隐瞒要坐牢。爷爷不为所动,保守秘密,在监狱里关了两年多,才被放出来。

那个共产党,最终死在了狱中。他临死前,交代家人,是他连累了爷爷,要知恩图报。庄户人家,没什么可报答的,就把自家树上的橘子,给爷爷拿一些。

三叔说,爷爷从来不吃橘子,说牙齿受不了。可吃完的橘皮,爷爷都收着,晒干,切成丝泡水喝,炖肉时放一两片当调料。有一年清明,家里买不起烧纸,爷爷便拢了一堆草。雨绵,草湿点不燃,爷爷回家,抓了一把干橘皮,火柴一燃,橘皮里的油像舌头一样哧哧地喷了出来,火瞬间便烧旺了,熊熊大火,把坟头柿树上的乌鸦都吓得飞走了。

关于爷爷的故事,我知道的就这么一点点。岁月浩渺,我永远记得爷爷给我的橘子。

清　明

1935 年清明　刘长根

天空阴沉,要下雨的样子,却一直没下。刘长根从院子里走出来,腿在打闪,人是飘的。他感觉自己就是一头牲口,已完全被饥饿攥住了。他的舌头已嚼不出苦涩,被胃里的疼痛隐隐地牵着,他的身体已开始浮肿。

他告诉自己,不能做一只牲口。仅有的半袋红苕干,他要留

给媳妇和儿子。万一,万一自己倒下了,儿子刘茂盛也好有个活路。

他本来不想带上儿子。八岁的孩子,懂什么。连年战争,饥荒不断,这青黄不接的当口,活人都顾不来,谁又顾得了死人。可他想,万一自己死了,儿子连自家的坟场都不知道,成何体统。于是他把儿子也带来了。他要当着儿子的面祭奠祖先。他要给儿子做个样子,将来儿子也好这样来祭奠自己。这人啊,不能昧良心。他到二十岁,才知道自己是个弃儿,是被刘东山老汉收养的。他的生身父母究竟是谁?姓什么?他一概不知。他曾觉得遗憾。现在他不遗憾了。他感念长眠于此的刘东山老汉,虽然脾气不好,没少打他骂他,虽然家里穷,总算把他养大了,还给他娶了媳妇,如今又有了自己的儿子。刘长根——他细细咀嚼老汉给自己起的这个名字,不禁泪水长流,觉得做他的儿子值得。他就是他的祖先。他要把刘家的根脉传下去,传下去。他甚至有了一种使命感,传下去,就是对老汉最大的回报,不是吗?虽然活着艰难,他一定会咬牙坚持。他来给老汉上坟,就是要让他知道,他这个干儿子,是把他当亲爹对待的。他就是他的祖先。他不能确保自己还能不能活到下一个清明。他要趁着这个清明,把该了的心愿了了。

刘长根跪在坟前,让儿子刘茂盛也跪下。他磕头,让儿子也磕。磕完,他低沉地喊了一声爹,让儿子喊爷。刘茂盛难为情,不喊,因为他出生就没见过这个爷爷。他不喊,刘长根打他屁股。逼急了,刘茂盛说,他是谁?能听见吗?刘长根说,他是我爹,我是你爹,喊吧,你喊他就能听见,会保佑你的。

什么叫保佑?刘茂盛怯怯地问。刘长根嫌儿子啰唆,屁股上又是一巴掌。

喊过爷爷,刘茂盛要逃,刘长根觉得过意不去,这清明上坟,没有祭品,连烧纸都没有,算什么祭奠。他让儿子把坟上的荒草拔了,点把火,也算是给亡人捎去一点活人的消息。

儿子去坟头拔草,拔出了一个块状的东西。刘长根一看,是茯苓,贵重的药材。他喜出望外,在周围一刨,是一大窝,有七八个。

正是这窝茯苓,让刘长根一家渡过了难关。他不相信鬼神,但他相信,这是先人在保佑他哩。他让儿子永远要记住这件事情。

1958年清明　刘茂盛

天上飘着小雨。刘茂盛领着儿子刘红军和刘红兵,在刘长根的坟前跪下,烧纸,磕头。

这是刘长根老汉死去的第三个年头,按乡俗,要修墓的,可"大跃进"如火如荼,这是要破除的陋习,刘茂盛用六七年时间经营起来的药材铺子,在割资本主义尾巴的运动中被没收了,家里一贫如洗,哪有财力给父亲修墓。想来想去,他决定在坟上植两株树,以树为碑。当年,在爷爷坟上挖出茯苓的事,他记忆犹新。正是因为爷爷的"庇佑"和"启迪",他后来做了江湖郎中。父亲刘长根一辈子老老实实,小心翼翼,如今长眠地下,自己的两个儿子,也如当年的自己一般大了……烟雾缭绕之中,他恍惚觉得世界是静止的,村庄依然是原来的村庄,不过是替换了人物而已。

父亲的坟在爷爷的脚下。这是父亲生前自己选定的。他赞同这布局。他本想告诉两个儿子,自己死后,就像父亲这样埋在

他父亲的脚下。可他怕吓着孩子,毕竟,他们还太小,不懂得生死。在两座坟之间,他左右各挖了小坑。孩子们听说要种树,很高兴,问父亲,这是什么树呀?刘茂盛说,是柿树。听说是柿树,两个孩子尖叫起来,似乎很快就有红柿子可以吃了。

看着孩子们天真无邪的样子,刘茂盛苦涩地笑了一下。他考虑种柿树,而不是柏树,除了纪念,确实有实用的意思。以后的日子,谁说得上来?饿极的时候,有几个果子,说不定能解决大问题哩。

1989 清明　　刘红兵

晴,阳光明媚。这是刘茂盛逝去的第三年,刘红军出力,刘红兵出钱,给父亲修墓立碑。刘红军有三个儿子,两个女儿,皆种地务农。刘红兵继承了父亲的医术,改革开放后进入乡镇医院,后名气渐大,调往县医院,成为刘家第一个摆脱农民身份、吃公家饭的人,育有一儿一女。儿子刘云帆,天才少年,获得过全国数学竞赛金奖,后被清华大学录取。

2015 清明　　刘景明

阴天,有零星小雨。刘红军的小儿子,叫刘景明,早些年,他是一个卖苦力的瓦匠,进入新世纪后,开始包工程,规模渐大,名声日响,成为当地富豪。上一年,他给父亲过寿时,提出一个想法,要把祖爷爷刘东山的坟墓好好整修一下,立一方大碑,把刘家祖上的事记录下来,传给后人。刘红军同意,刘红兵也同意,原本说好两家平摊出资的,可因为刘红兵在县城,刘云帆在北京,三下五除二,刘景明把该办的事都办了。清明前一天,刘云帆从北京赶回来,到家坟上一看,两棵柿树不见了,祖爷爷的坟被水泥砌成高大的拱形,下面贴有瓷砖,正面的坟头是门楣的造型,左侧的碑高大不说,上面还描绘有龙纹,碑文密密麻麻,是漂亮的行书。刘云帆当即表示了不满意,嫌刘景明事先没和他商量,墓和碑造型太夸张、太花哨,没有古意。其次还嫌刘景明自作主张,把两棵柿树砍了。这两棵树,父亲多次给他讲过,包括"茯苓"的事,他也有耳闻。而且,小时上坟,父亲伯父在柿树上刻有他们几个孩子的高度,后来察看,随着树的长高,虽已模糊,但总有痕迹。至于秋后的红柿子,他们这帮小辈,举着顶部有裂口的长竹竿,左旋右转地把红柿子往下夹,忙得不亦乐乎。兴许因为坟墓里埋着的都是自己的亲人,他们从来没觉得害怕。

刘景明听刘云帆有怨言,随口道,你不满意,不掏钱就是了。

清明这天,刘家坟场上熙熙攘攘。一帮儿孙汇聚一堂,鞭炮声声,热闹异常。

因为飘零星小雨,地是湿的,不方便磕头,再说死者已离去太久,刘红军、刘红兵、刘景明、刘云帆他们象征性地烧香磕头,其他家眷交头接耳,议论着俗世中的事情。

仪式快结束时,不知刘云帆说了句什么,刘景明不高兴了,不就清华大学毕业吗,有什么了不起!他凶神恶煞地指着自己的儿子,以及平辈的一帮孩子说:快,跪下磕头,尽管磕,磕一个一百元,我绝不食言。

刘云帆面红耳赤地站着,不知说什么好。刘红兵拽儿子,意思不必计较。刘红军在刘景明的屁股上踹一脚,吼道:烧包,你不知道自己是谁了是吧?跪下,咱们统统跪下,再给我们的先人磕个头吧。

书为媒

那年,我七岁,父亲领我去镇上。当时镇上最气派的,是一个二层的红砖建筑,有六间的开度,中间两间是供销社,里面卖糖盐、脸盆、布匹等,出进的人络绎不绝,人气最旺。右手两间是镇卫生所,一直通到后院,深长肃穆,我们小孩敬而远之。左手两间,便是新华书店了。供销社和卫生所都挂有牌子。新华书店的门楣上用水泥抹出一个青色的长方形,上面凸起"新华书店"四个字,斜体,瘦长,鲜红。

后来我才知道,这是毛主席的字。在当时的乡镇,新华书店几乎就是文化的代名词。父亲领我来,是要给我买新华字典。本来家里有一本,可哥哥姐姐一路学下来,到我这里,已缺页很多。父亲咬咬牙,答应给我买本新的,以激发我的学习兴趣。

我好高兴,在书店里跑来跑去。一些比我大点的孩子,趴在卖小人书的玻璃柜台前指指点点,窃窃私语。我识不了几个字,却也凑热闹,小猫一样钻进去,和他们挤,听他们议论。

之后每次和父母去镇上,我都会去新华书店。知道父母没闲钱,不可能给我买什么书,就是趴在柜台前看看,凑个热闹。

二年级的一次考试,我考了双百,父亲逢人便摆乎,我似乎意识到,可以向父母提条件了。我说,我要买本小人书,真正属于我自己的小人书。几次纠缠下来,有次母亲带我去镇上卖鸡蛋,卖完鸡蛋,领着我去了新华书店,说可以给我买本小人书,让我自己挑。我挑来挑去,挑了一本《车轮滚滚》。这本小人书之后成了我的宝贝,成了我和别人换书的资本,关系不好的,我坚决不借。小人书封面上"耿东山"英武的形象,以及四个白色的大字"车轮滚滚",有革命主义的豪迈气概。耿东山的养女"耿春梅"英姿飒爽的形象,我印象尤其深刻,无形中影响了我日后的审美观,对娇气的女孩有某种本能的抵制。

上了三年级,我可以独自去镇上了。便经常光顾新华书店,趴在玻璃柜台前看各种小人书的封面,读上面的字,揣测书的内容。

看热闹的孩子,皆是周边村庄的,彼此并不认识。有一次,我发现一个女孩,和我年龄相仿,个子不高,圆脸,眉宇周正,腮帮上有颗米粒大的痣。她也在小人书的柜台前徘徊。我不知哪来的勇气,对她炫耀说,我有一本《车轮滚滚》。她羡慕地看着我,继而说,她妈妈已经答应她,过段时间也给她买一本。

一段时间后我再去新华书店,又遇到了她,她高兴地说,她妈妈已经给她买了。我问是什么?她说,《花为媒》。这名字很奇特。我当时并不知道是才子佳人的故事。估计也就是她们女孩喜欢的花花草草的那类,我们男孩喜欢战争的。老实话,我对《花为媒》兴趣不大。但既然她拥有了一本小人书,我觉得还是应该表示庆贺。我说,那下一次,你把你的《花为媒》带上,我把我的《车轮滚滚》带上,咱们换着看,好吗?

她愉快地答应了。之后我们果然交换成功。交换的细节,已经忘记。她叫什么名字,我没有问,她也没告诉我。后来小人书又是怎样换回来的?我也记不清了。上了初中,我开始住校,光顾的是县城的新华书店，阅读兴趣大为转变。初中毕业后，我顺利考上了中专，谋到了一份"公家饭"，毕业后进了工厂，在城市寄身下来，开始了全新的生活。

我这人心性高傲，自身条件一般，找对象却挑剔，结果可想而知，快30岁了还没着落。父母着急，开始在老家给我物色。有年春节，母亲偷偷为我约了对象，让我见面，说是镇上小学的一名老师，年纪也不小了，一直没找到合适的对象，见见面，兴许能成呢。我工作的单位距老家有一百多里，凭感觉，不可能，以后两地分居毕竟不方便。可母亲已经约好了，也不能拂了人家女方的面，便去介绍人家里见面。

见面让我惊讶。只一眼，我就认出了她就是当年在新华书店和我交换小人书的那个女孩。她打扮简洁，齐耳短发，眉宇明朗，有倔强的气质。她在开初没有认出我，她一直没怎么正眼看我，话不多。我们简略地介绍了自己，一堆人吃了一顿饭，然后回家等介绍人传话。

我心里很是忐忑。事实上我一直在问自己，这是天意的安排吗？我是不是应该说破，成全这缘分。

第二天，介绍人没来。母亲坐不住了。问我到底什么想法，有没有交往下去的打算。

我说，还是看人家吧。母亲急忙去了介绍人家。

晚上，母亲回来，满心欢喜，说，人家女方同意了，多亏了介绍人，三寸不烂之舌才把这事说成。

再次见面，我终于忍不住，特务接头一样低声问，可否知道评剧《花为媒》？可否记得有本小人书叫《车轮滚滚》？

她扑哧一声笑了，反问我，为何当时不说？

我说,当时不敢确定。

她说,她第一眼就看出来了。不是不敢确定,是不敢相信。

是的,往事是确定的。不确定是后来。正因为确定,才不敢正视。我们都被时光的魔术吓着了。

经过一段时间交往,我们发现,我们的确是一路人,彼此身上还有着从前的痕迹。于是我们就结婚了。

时间证明,我们是再平凡不过的夫妻。"书为媒",如果是珍贵的,如果也算传奇,我们却从来没想过要说一说。

唯一例外,是在女儿的婚礼上,如此浪漫盛大的场面,日薄西山的我们像受人尊敬的木偶,被油嘴油舌的主持人提来提去。我们一方面无比欣慰,一方面心里又不是滋味。等到我们做长辈的发言,不知哪来的勇气,我讲出了这个故事。尽管不合时宜,但掌声经久不息。

圆圆的饼干

我小时候最想吃的东西便是饼干。饼干不同于糖,不但好吃,还金灿灿的,上面压有漂亮的花纹。

事实上,我第一次吃饼干是在我八岁那年。我拿在手里,转来转去,就像是一个精美的车轮,我实在不忍让它停下来,被嘴巴所破坏。

因为我清楚,这是一个惊喜的意外,我必须珍惜。或者说,我

是想慢慢打开饼干在我想象里盛开的那种高高在上的优雅和甜蜜。我的运气真好！在好伙伴铁牛家玩，他家八百年都没来过的一个亲戚从天而降。从衣着和举止，一看就是从城里来的。那男人看见铁牛，迅速从包里掏出一盒饼干。铁牛妈才准备去接，已撕开了，热情地往铁牛手里塞，顺手也给了我一个。我两只手扣着，围着那男人转。铁牛一口把饼干咬成一轮弯月亮，甜脆地笑着。男人说：吃，快吃，这些都是你们的。铁牛妈把我拦住，小声说：回家去。

我不。继续围着男人转。男人看我只是把饼干握在手里而不吃，也许觉得奇怪，对我说：吃吧，握在手里时间长了就潮了，不脆了，吃吧。

我至今想起那个叔叔，都心存感激，忍不住要流泪。我觉得他是我记忆里最善良最完美的男人。因为我和他毫无瓜葛，他却慷慨地给了我一个圆圆甜甜的饼干，还诚心诚意地劝我快吃，鼓励我，满足一个孩童应有的味觉。在叔叔的鼓励下，我把饼干轻含齿尖，盯着叔叔，郑重地，准备在他温柔的目光里缓缓揭开饼干金黄的纱衣。可铁牛妈已经忍无可忍了，她不耐烦地训斥我：回去吃去。滚回去。

不知趣的我，握着饼干知趣地跑了。

我在巷道里又蹦又跳。跑几步，把饼干亮开，看看它的光芒，然后又捂住，像是捂着一个激动人心的秘密。然后是下一轮的跑跳。那愉悦兴奋的劲头，现在想来，就像是今天的奥运冠军，脖子上挂着金牌，除了又跑又跳，似乎已找不到更恰当的方式来表达他对世界的赞美和热爱。是的，那一刻的我，手心确确实实是拥有了一轮金黄甜蜜的太阳。在那个瞬间，它足以驱散所有的贫穷和荒凉。

我就一直把它揣在手心。太珍贵了！我无法大大方方地表达出对它的热爱。我估计是意识到，它无法给予我持久的圆满。它再怎么好看，也仅仅是一块饼干。只要我的牙齿一动，它就碎了，消失了，很可能是永远消失了。再也握不住了。

我就一直把它揣在手心，像握着一轮幼小的太阳。我几乎已经忘记，它是美味的食物。它更像是一个礼物，一个见证。它在见证着我的什么？

总之，我把它反复捂住又敞开，似乎在玩一种好玩的游戏。然而，一块不在嘴里的饼干，又究竟有什么好玩的呢？我不清楚。只是迷恋。

我想，即便是吃，也要回去，让妈妈、哥哥、姐姐、妹妹、弟弟看见，当着他们的面，让他们一起来分享我的甜蜜快乐。我那单纯的想法里，似乎已经意识到：一种美味，如果不是被羡慕并见证着，就不能算是美味。就像是一把燃烧在锅外的柴，多多少少有些浪费的成分。

就这样，我被我热爱的东西束缚住了，迟迟不肯伸出贪婪的舌头。就这样握着，多好！一直握着，一直拥有。

我就一直把它揣在手心里。被它照耀着，我愉快地在破败的村庄里穿行，回旋，唱歌。我要回家，回家。

当我回到家。我满脸通红、大功告成、激动不已庄严宣布：让全家人注视我的手掌——把谜底揭晓。

然而，圆圆的饼干，不见了。成了一堆难看的粉末，黏糊糊的。

被我演练了无数次的奇异的效果，在那一瞬间，全熄灭了。

我感觉自己像个失败的魔术师。眼泪顿时止不住地涌了出来。我憎恨自己,对自己发起了脾气。我把那珍贵的、被我白白糟蹋了的东西,扬手撒了出去。

母亲没时间理我,而是飞快地蹲下来,像鸡吃食那样精心地捡拾。哥哥、姐姐、弟弟、妹妹也蹲下来,齐心协力地替我挽回。

然而我知道,覆水难收,圆圆的饼干是无法回来了。我喜欢它,又毁了它。这究竟是为什么?

母亲看我还在生气,把那收回的金黄色的粉末给每一个孩子嘴里喂一点。他们都冲着我笑,诱惑我,说甜,真好吃。

母亲便把那最大的一块塞到我嘴里。我的舌头动了一下,笑了一下。于是永远记住了饼干的味道。

左右人生

我上初中时英语相对弱一些。初三的一堂英语课上,老师让我回答问题,我答不上来,老师发脾气让我滚出去。我知道英语老师不喜欢我,我当然对他也没好感。我按他说的滚出了教室。老师认为我有意和他作对,要我第二天请家长。请家长对我来说是耻辱,我极不情愿。英语老师认为我在藐视他,扬言道:如果不请家长,就不要再来上学了。

这件事让我很苦恼。苦恼之中觉得上学实在是没意思了。不让上就不上了呗。我回家对父母说,我学不进去,不想白费蜡,还是回家务农吧。母亲哭哭啼啼地劝我,可我硬气得很,说不上就是不上了,大不了学一门手艺,一样能养活自己。

父亲挖苦我,你以为饭好吃,学手艺也苦着呢。然后父亲苦口婆心地给我举例,有名有姓,都是村里我认识的人。我无话可说,但也不为所动。我偏着头,很坚决的样子。

后来,父亲叹口气,妥协了。他说,这可是你说的,世上没有后悔药,现在就两条路,一条继续上学,学好学坏上完初中再说;还有一条,就是学手艺,木匠、瓦匠,你自己选择,去跟人家说。

这"人家",一个是我的堂叔,一个是我的表叔,一个是瓦匠一个是木匠,我拜他们为师,应该不成问题。

父亲不出面,显然是想难为我,让我知难而退。我也不知哪来的一股倔劲,自己去就自己去,反正我是不想上学了。

出了大门,我犹豫了,到底是往右拐还是往左拐呢?因为我这两个叔,一个住在村左一个住在村右。

我想,到底是学木匠好还是瓦匠好呢?

堂叔是木匠,木匠能打家具,技术含量高;表叔是瓦匠,瓦匠脏些,是体力活。我倾向于木匠,但堂叔是个严厉的人,目光和英语老师一样犀利,我有些胆怯。最终,我选择了向右拐,去找表叔学瓦匠。

表叔见我吞吞吐吐地说出来意,满口答应下来,说不急不急,学手艺什么时候都成。然后表叔招呼我进到里屋,给我讲起了他小时候的一些事情。表叔指着桌子上的几本书对我说,他小时候就吃了没读书的亏,文化程度差,算数都不过关,瓦匠虽然是粗活、体力活,但一样有技术,算平方找水平等等都还是要点墨水的,因此他这些年一直在补学,可到底是年岁大了,一知半解。凡事还是正当时候的好,在什么年龄干什么事情,错过了就回不来了……表叔语调轻柔,他的眼神里有一种设身处地的温情,微笑着,凝视着我。我记得他并没有刻意劝我什么,而是一针见血地分析说:"你不想上学,说起来不过是为了赌一口气,为了面子,不就是给老师认个错服个软嘛,不是什么大事,值得拿不上学来赌气吗?"表叔还说,那个英语老师他认识,如果我放不开面子,他可以去找老师说说,应该不成什么问题。

在表叔的劝说下,我到底还是去了学校,英语老师再也没有为难我。初中毕业,我以优异的成绩考上了中专,这结果,何止别人,连我自己也万万没想到!

若干年后的一个春节,家人团聚,无意间又说起了那件往事,我诚心诚意地给父母认错,检讨自己,说那时的我就像个黑硬的铁块,年少气盛,少不更事。我庆幸那天出门后选择是向右拐。如果我向左拐,说不定现在就是一个乡村木匠。

父亲笑着说,那也不会,他其实早给两人都交底了,我去找谁,他们都会劝我的。

显然,为那件事父亲没少操心。父亲看劝不动我,只有退而求其次另打主意。他的良苦用心,我又怎能体会得到啊。当时的我,倔强得就像一根刺,完全被一种反抗的意识冲昏了头脑,伤害自己不说,还肆无忌惮地伤害着忧心忡忡的父母。

愧疚之中,我感念父亲的良苦用心。我承认他的"算盘"打得巧妙。但我依然得承认,那天是我人生的一个重要选择。试想一下,如果我出门后向左拐,我堂叔那样严厉的一个人,即便他苦苦劝我,却未必有效。很可能会让我更逆反,更固执,那只能是我的刺扎进我的肉里,疼了自己,也疼了父母,还有谁能救得了我呢?

搬石头砸脚

我们小时,大场就是游乐场。

所谓大场,就是一个大的空场地,通常有五六亩地大小,用石碾子碾平,作为农忙时生产队的劳动场所,每个生产队都有一个。农忙时社员们在一起劳作,收油菜、打麦、剥玉米、打豆子等。大人们干得热火朝天,我们小孩也闲不住,跑前跑后地给大人帮忙。当然最主要还是图热闹,有那么多的麦草垛玉米秆做掩体,玩起来是多么刺激啊。尤其入夜后,神秘的黑暗像是给世界插上了翅膀,我们一帮孩子跑来追去,模拟着电影里的某些镜头。对于我们来说,模拟是一种激动人心的擦拭。因为我们从来没离开过村庄,世界对我们是模糊的,隔着磨砂玻璃。我们在鸡蛋里晃动,渴望着抓住点什么。哪怕是虚幻的光芒,我们也乐此不疲,信以为真。又在某些尖锐的时刻,不得不对某些既有的东西产生怀疑。

我们那时玩得最多的是打仗的游戏。伙伴分成两拨,一大部分人扮演代表着正义的解放军、八路军,很少的几个则扮演国民党、汉奸或日本鬼子。每一次分拨,大家都推推搡搡,对谁当好人、坏人争执不下。因为没有谁心甘情愿去当坏人,被人揭穿,被人唾骂。但事实是游戏要进行下去,就总得有人去演坏人。没有坏人,又怎见得好人的英勇?因此演坏人的就总是一群孩子中最"弱"的那几个。后来我才发现,"弱",真的是一个综合的表现,

与年龄和个子的高矮并不成正比,反倒和性格、家庭、以及一些隐性的东西密切相关。

我们玩打仗游戏,一般都是同龄孩子在一起玩。和我玩得好的,有刘枣,王宏斌,胡振山,我们是同班同学,住得也近,在同一个生产队。私下里,我和刘枣关系好一些,王宏斌长得最高,身体结实,一般出力的事都是他打头阵。可领头的,却总是胡振山。胡振山个子矮,嘴巴却能说,口气很大,有股盛气凌人的架势。另一方面,胡振山他爸胡安邦是村里的治保主任。胡安邦看上去是个和气的人,但村民们多少有些怕他,说他是白脸奸贼,曹操那样的人物。更主要的,听说胡振山的某个堂叔在县里当官,按我们农村人的说法就是有靠山。胡振山学习一般,时不时会抄我的作业,因此对我还算客气,但对王宏斌,就有点过分,几个人明明玩得好好的,王宏斌做的哪点不合他的心意,他会突然发脾气,翻脸不认人。有一次我们正玩扑克牌,他一把揪住王宏斌的领口,愤怒的样子像是要把王宏斌提起来。虽然我们知道他没有那样的力气,可看他的表情,一脸杀气。王宏斌红着脸,要辩解,胡振山瞪他一眼,吼一声:"滚,不许你玩了。"王宏斌便不再吱声。因为扑克牌是胡振山的,他有这样的权利。时间一长,也不知是为什么,和胡振山在一起的时候,我们都有点讨好他的意思。

玩打仗游戏,通常会分成两派,各有一个首领指挥,然后相互追击、堵截、攻击。为了更逼真,我们一般都会用树枝或玉米秆当作枪,用草团或土坷垃当作炮弹。虽然偶尔会有伤人的事情发生,但一般来说,我们心里和手上还是有轻重的,因为一旦闯了祸,父母必定会一顿暴打。如此一来,看似疯狂的游戏,倒也有惊无险,一帮孩子在大场里玩得不亦乐乎。

有天晚上,我们照例又在大场里追击,王宏斌是坏人那一帮,我们这帮的首领是胡振山,他指挥我,迂回作战,活捉"汉奸"。我绕了一个很大的圈,从后面偷袭对方大本营。我绕过一个草垛,匍匐前进,正准备朝敌方大本营一点点接近时,王宏斌突然从一堆玉米秆里钻了出来,于是我俩展开了肉搏战。平时,王宏斌处处让着胡振山,我没觉得他有多厉害,可交上手后,我才发现这家伙丝毫也没有让我的意思,三下五除二,我被摔倒了,王宏斌拍手笑着逃跑了。回到大本营,胡振山要惩罚我。打了败仗,接受惩罚似乎也天经地义,我等着他在我屁股上抽条子。可他改了路数,突然从地下抓起半截砖,扬臂要向我砸下来。我吓怕了,抱头逃跑,心想大事不妙,脑壳肯定要受伤了。

我正屁滚尿流,心惊胆战,胡振山的半截砖却落在了他的背后。他双手一拍,很潇洒地说:"看你那熊样,就知道逃跑。"

我这才反应过来,他是故意要吓我的,他凶狠地举起砖头,在出手的一刹那,却把砖头抛到了身后。

胡振山的这一招假动作,我觉得很酷。第二天晚上,又玩打仗的游戏,我提前找好一块石头,藏在预定的某个地方。后来,战斗打响了,我密切注意王宏斌的动向,发现他正在朝一个草垛潜伏过去,我心里大喜,报仇的时候到了,我拿起石头,冲了过去,举起来就要向他的头上砸去。王宏斌大惊失色,声音里都有了哭腔。可我就是要叫他害怕,让他看个清楚,这石头一旦落下去他的脑壳就会开花。他越害怕,我就越觉得刺激,心里那个美呀。

然后,我就出手了。

但是由于我刻意要让他害怕,把石头举得过高,结果石头下落时,不偏不斜,正好砸在了我的脚后跟上。我一阵疼痛,龇牙咧

嘴地在地上滚。接下来可想而知，伙伴们哈哈大笑。搬石头砸脚这样的蠢事，居然在我身上应验了。

白减数，黑减数

我上二年级时，班里有个女同学叫丫蛋。丫蛋的妈妈是个四川女人，人长得漂亮，性格开朗，语速极快。曲里拐弯的四川话头音和尾音很有特点，不像中间的那么快，就像是一条虫子，你也许搞不懂它为什么要扭动身体，但它的头和尾还是分明的，有时甚至是故意拖长，腔调里有某种滑稽的成分。因此我虽然听不太清，还是喜欢听这个泼辣的四川女人说话。她的一句口头禅是：鸭蛋这个崽娃子，可把老娘给气死了哟。

丫蛋妈妈漂亮，丫蛋的爸爸却是个偏头，走路时身体歪着，一颠一颠，似乎那偏着的头把他压得难受，要尽力摆开似的。听大人说，丫蛋妈妈是从四川逃跑过来的，她的丈夫是走资派，天天被批斗，她受不了，领着丫蛋和丫蛋的哥哥跑了出来，不知怎么就辗转到了我们竹园村。因为没有户口，吃饭困难，偏头的父母便收留了这个逃难的女人，让偏头给两个孩子当了爸爸。

偏头当上爸爸后，丫蛋的妈妈又生个男孩，叫正常，正常这个小家伙，头一点也不偏，竟然也说四川话。她家的三个崽娃子，在我们看来是另类，虽然有时也在一起玩，但多少还是有距离。

丫蛋的哥哥，叫勇军，和我哥哥是同学；正常，和我妹妹是同学;我和丫蛋又是同学,这三组对应关系,还真是巧呢。因此我母亲和那个四川女人也有了来往,不算亲密,关系还可以。

有天黄昏,丫蛋过来问我,下午的数学作业是什么。我当时正和刘枣铁牛他们打牌,由于我一直在"进贡",烦着呢,就胡乱地应付了几句。说应付,其实也是因为我不喜欢丫蛋,丫蛋学习一塌糊涂,细胳膊细腿的,脾气又倔,动不动用眼睛瞪着你,有股蛮不讲理的架势。

第二天早上到校后,丫蛋发现她少做了几道题,要抄我的,我不让她抄,她把一口吐沫吐在了我的脚边。

由于作业没做完,数学课上,丫蛋偷偷补作业,结果被丁老师发现了。丁老师叫丁秀云,一个刻薄的女人,据说还是公办老师,穿一双骄傲的黑皮鞋,生气时会冷不丁用皮鞋踢你,我们都怕她,背地里叫她铁钉钉。

铁钉钉发现后,一把把丫蛋的作业撕了,并让她放学后不要走,写完了再回家吃饭。

第二节课,还是数学课。铁钉钉雷厉风行地讲完课,双手拍拍手上的粉笔末,眼睛探照灯似的在学生里扫描。我们清楚,这是要抽查了,看我们听懂没有。

教室里顿时鸦雀无声,都埋着头,用沉默和凝固来消失自己,以逃避丁老师犀利的目光。我大着胆子,顺着丁老师的视线滑过去,那个被击中的可怜的人儿,是谁呢?

是丫蛋。丫蛋颤颤巍巍地站起来,眼睛看着黑板。

刘娥眉,你的头折偏了吗?

刘娥眉是丫蛋的学名。我们哈哈大笑,笑偏头的女儿丫蛋,很有可能要倒霉了。

果不其然,丁老师在黑板上写了三道减法题,让丫蛋上去算。题不算难,也就是20以内的减法,掰着手指头也能算出来。

　　丫蛋看丁老师没有踢她,心想是答对了,松口气,准备下去。可丁老师举起教杆,指着减法算式中的数字问丫蛋:这是什么?

　　丫蛋犹犹豫豫地说:减数。

　　这个呢?

　　丫蛋又犹犹豫豫地说:被减数。

　　丁老师不说对也不说不对,教杆在两个算式上点来点去,看丫蛋到底清不清楚。

　　减数。被减数。

　　步步紧逼之下,丫蛋更是犹豫不决了,但又不得不回答。

　　被减数。减数。

　　一番轰炸之后,铁钉钉终于忍不住了,她质问丫蛋:你昨晚上干什么去了? 做贼去了? 偷去了? 请家长。

　　一听说请家长,丫蛋哭了,却尸体一样僵直着,眼睛徒劳地盯着某个虚拟的地方,似乎在做梦,不相信这一切是真的。

　　我们以为这就完了。

　　没想到铁钉钉鼻子一哼:不做作业还有理了,你以为你哭我就会饶了你?

　　快到下课的时间了,压抑的我们已不想再看戏,都左顾右盼,期望能有所解放。

　　哪料到,铁钉钉一声冷笑:哼,一团糨糊。白减数!——我看是黑减吧!

　　同学们哄地又笑了。

　　下课后,丫蛋就有了一个奇葩的外号:白减数,黑减数。

这可是我们听过的最长的外号,而且颜色分明,意思奇特,叫起来很是爽口。

我们上三年级时,丫蛋留级了。我们也就失去了对这个外号的兴趣,渐渐把这个丫头忘记了。

直到我上初三,有一天,突然听铁牛说,刘娥眉喝农药自杀了。我一时脑蒙,问哪个女子,谁家的孩子呀?

铁牛小声说:丫蛋你忘了?偏头家的,白减数,黑减数。

很长一段时间,我都想不通,丫蛋为什么要自杀。因为听母亲说,丫蛋喝农药,只是前一天和她妈吵了架,并没有什么特别的事情。

在我当时的心里,惋惜之外,其实还有佩服。一个十几岁的女孩,敢于自杀,而且是以喝农药的方式,那该要有多大的勇气。

白减数,黑减数。这个奇葩的外号,如果不是丫蛋,如果不是铁钉钉,谁能想得出来呢?反正我没有那样的天赋。

我的爸爸

太阳像一张煎黄的鸡蛋饼。

这是小伟作文里的一个句子。在一篇关于春天的作文里,小伟莫名其妙地写出了这样一个比喻,让小伟都吃惊。老师把这篇作文当范文在班上朗读,因为小伟的学习一直很好,年年都是三好学生。但就这个比喻,老师提出了异议,说春天的太阳欣欣向荣、又暖又黄，确实很喜人，但比喻成鸡蛋饼，不就是馋猫了吗？同学们哈哈大笑，由此给小伟起了个外号：鸡蛋饼。

即便是小伟是三好学生，又怎么样，鸡蛋饼就是鸡蛋饼，馋猫就是馋猫。即便在那个年代，每个孩子都很馋，但被说出来，就让人脸红了。

为这个比喻，小伟后悔莫及。小伟的爸爸在铁路上上班，是怎么招工到铁路上去的，小伟不清楚，反正一个农村人，能走出去就是一种本事，能拿上国家的一份工资，总归让人羡慕。就这一点，小伟也为爸爸自豪。但小伟的爸爸，在很远的地方上班，一两个月才回来那么一次。回来了，也是不冷不热地待上三五天，然后又消失不见了。柳州、怀化，妈妈嘴里念叨的这些地名，听上去很陌生，小伟也懒得关心这些事情。小伟只是觉得，和爸爸的关系，不像别的孩子和他们的爸爸那样亲。就说刘红斌吧，他爸爸也在铁路上上班，也是一个多月回来一次，可刘红斌的爸爸，会给刘红斌买我们平时见不到的玩具，还和刘红斌去渭水河里游泳，去池塘里抓鱼，摘菱角，看他们又说又笑的样子，小伟甚是羡慕。最主要的是，刘红斌清楚他爸爸的一切，比如他爸爸开的什么样的火车，住的什么样的房子，吃的什么样的东西，有什么朋友，去过什么地方……他都说得头头是道，似乎他爸爸工作的地方，他去过似的。小伟除了知道爸爸在铁路上上班，其余的就像是一场雾，他看不清，迷迷糊糊地让人懊恼。虽然妈妈有时也念叨，但总归是零碎的，是从妈妈嘴里责骂出来的。妈妈和爸爸，总是吵架，往往是他们几个孩子睡着之后。有一次，小伟被惊醒。他先是听见妈妈反复在问爸爸：你身上的毛衣是谁织的？小伟奇怪，这有什么好问的，不就是一件毛衣吗。他正奇怪哩，从被子缝里看见爸爸揪住妈妈的头发,一下一下往枕头上撞,小伟吓坏了,他想叫,他想帮妈妈。可妈妈忍住哭泣,并不反抗,使他突然羞愧。他缩进被窝,生出了对爸爸的愤恨。

小伟的爸爸上次回来,就在春天,在小伟写那篇作文的时候。一晃眼,快放暑假了,爸爸还不回来,小伟觉得惆怅,他想问妈妈,爸爸什么时候回来。但他又意识到,这样问会让妈妈伤心。他把对爸爸的期盼,留在心里,希望爸爸能早点回来。因为,老师布置了新作文,作文的题目就是:我的爸爸。老师说,这篇作文很重要,要同学们好好写,因为很有可能,期末考试的作文,就是这个题目,让同学们认真一些,争取考个好成绩,也好给父母有个交代。

那个春天,爸爸回来的那天,小伟印象深刻。他和同学们刚走出校门,正叽叽喳喳地说话,铁牛说:小伟,你爸爸回来了。

铁牛这家伙,经常说谎话,小伟不以为然,继续和刘枣讨论小人书《车轮滚滚》。刘枣说,看,还真是你爸爸呢。小伟仔细一看,在几十米开外,果然走来的是自己的爸爸。小伟的爸爸,长得很帅,这是同学们的说法,小伟也基本认同,但小伟并不觉得自豪。相反,他有些难为情。小伟开始烦躁起来。眼看继续走下去,就真要和爸爸碰上了,小伟急中生智,谎称上厕所,让刘枣他们先走,一下钻到了油菜地里。

等小伟回到家里,爸爸已经坐在了堂屋,在吃鸡蛋饼。

爸爸每次回来,妈妈都要给爸爸摊鸡蛋饼,这一点小伟非常清楚。就冲这一点,小伟也希望爸爸常回来。因为平时,妈妈舍不得,他们几个也闹,也想吃,却知道可能性不大,不过抱怨几句,并不真心去争取。恰恰是这一点,让妈妈心里很痛,妈妈说,有什么办法，房子已经破得不行了，要修新瓦房，要很多钱，你们的爸爸，胳膊肘总是往外拐，这日子还怎么过呀。

小伟小小年纪，他虽然不甚清楚妈妈的苦衷，但他已经知道，不要惹妈妈生气。因为妈妈生气的时候，有点发狂的状态，这让他害怕，觉得得不偿失。因此他从来不向妈妈提要求，想什么东西，喜欢什么，他只是在心里想着，从来不说出来。

那天，哥哥姐姐妹妹干什么去了，小伟没印象，也许是被妈妈支出去了吧。他走到堂屋门口，看见爸爸在里面坐着，他本想叫声爸爸，可卡在喉咙里没叫出来。他折转身，冲厨房叫了一声妈，妈妈正在厨房里忙活，没搭理小伟，但有锅碗瓢盆的声响。小伟放下书包，有点左右为难。他想吃鸡蛋饼，但不想问妈妈或爸爸去要。有爸爸在，他也无法去妈妈那里耍赖，他迟疑着，要不要进屋拿个什么东西，以拿东西的名义，看一看爸爸，看一看鸡蛋饼。

说起鸡蛋饼，小伟印象深刻的是鸡蛋饼上的油，润滋滋的，吃完嘴上滑溜溜的，手指也滑溜溜的，仅是舔一下，就能想起鸡蛋饼的味道。

小伟想好了要进里屋拿本小人书。可他刚走到门口，就打起了退堂鼓。爸爸穿一身体面的蓝色工作制服，半仰着，正在悠闲地享用。无形之中，他和爸爸之间的差距，使他自卑起来。即便是自己的爸爸，小伟也感到了难为情。

小伟的难为情，让爸爸也不自然起来。他咳嗽一声，冲小伟笑笑，并且把手里的鸡蛋饼扬起来，意思给小伟，让小伟去拿。这友善的举动，却使小伟羞愧难当，像是受了侮辱，他扭过身，仓皇地跑了。

如今，老师让写我的爸爸，怎么写呢？小伟一筹莫展，不知从何下手。老师讲了，爸爸妈妈是和我们最亲密的人，必定有许多感人肺腑的故事，只要用点心思，把那些有意义的事记下来，就是一篇不错的作文。

和爸爸，感人肺腑的故事，有意义的事，小伟按老师教的思路去想，他挖空心思，绞尽脑汁，还是想不出什么有意义且感人肺腑的事情。

这让小伟懊恼，心里埋怨起爸爸。如果爸爸经常回来，如果爸爸也像刘红斌的爸爸一样和自己玩，能没有故事可写吗。小伟也想到了编，把别人爸爸的故事挪过来，但他怕被同学发现，被妈妈和哥哥姐姐发现，嘴上不说，心里会说你小伟写的这一切都是假的。这样一想，会有做贼心虚的感觉，他可不想偷别人的爸爸，他是真心想把作文写好，把自己的爸爸写出来，写出他是一个怎样的人。外貌长相，这是明摆着的，凭着记忆，他能勾画出来，可再往下写，写什么呢，他心里的爸爸就像是一个影子，一团灰，他实在是没有办法。一棵树，可以照猫画虎画出来，没有枝叶的影子怎么写。而且，他和爸爸之间发生的事，虽然有，比如鸡蛋饼的事、爸爸和妈妈吵架的事，可这样的事是无法写进作文的，凭直觉他就能肯定。

一连写了几天，小伟也只是写了个开头。妈妈问，作文写完了吗？小伟说，快了。他不想让妈妈看见。尤其是这篇作文，不想让所有和自己关系亲密的人看见。因此他只能偷偷地写。这篇作文纠缠着他，又不能对人说，只能是一个人默默地想，默默地心里难受。

其实，小伟可以问问妈妈，告诉他爸爸是个怎样的人。可他不想求助。他能隐隐地感到，这个问题会让妈妈伤心。妈妈对爸爸的态度,小伟看不太懂。一方面,妈妈嘴上对爸爸有怨言,和爸爸没少怄气、吵嘴;可另一方面,爸爸每次回来,又稀欠欠地给爸爸摊金黄的鸡蛋饼,就像是在享受贵宾待遇。怕他们捣乱,有时还把他们支出去。妈妈这样做,小伟倒不妒忌。他再怎么馋,还没馋到要和自己的爸爸抢食。说心里话,他乐意看爸爸吃鸡蛋饼,虽然他自己也想吃。他觉得,还是爸爸和鸡蛋饼般配一些。在这一点上,他真的没有怨言。他只是希望爸爸能多回来,回来别和妈妈吵架,能像别人的爸爸那样和家里人说说笑笑,像刘红斌的爸爸那样和自己去游泳、去抓鱼……

想来想去,小伟还是没头绪,他估计,这次作文怕要泡汤了。如果这篇作文写不好,如果期末考试的作文题目恰好是这个,那自己这学期的三好学生很可能就完蛋了。

这让小伟很难过。因为他有个心愿,他想让墙上的三好学生奖状恰好贴满一个长方形,那样就好看了,就像一面红旗,飘扬在墙上,多美呀!

小伟今年三年级,他每个学期都是三好学生,目前有五张,他让妈妈按两排端端正正地贴在泥墙上,只要这学期再得一张,就会把右下角补满,成为一个红彤彤完美的长方形,那该有多好,爸爸也会高兴吧。

越是这样想,小伟越是意识到了这篇作文的重要性。他越是想写好,越加意识到了这篇作文的难度。他不想放弃,不想失去奖状,无论多难,他都想把爸爸写出来。

夜深了,小伟还在写。

写着写着,他流泪了。因为他的脑海里突然响起一部动画片的插曲:我要我要我要找我爸爸,去哪里我也要找我爸爸,我的好爸爸没找到，你若见到他就劝他回家。我要我要找到我的爸爸，我要和他一起回家。

画奖状

期末考试，作文果然是《我的爸爸》。为这篇作文，小伟费了心思，他甚至把自己都写哭了。可在老师看来，他的作文语焉不详、模糊不清，通篇没有一件有说服力的事例，读后也感受不到父爱的深沉和慈祥，这样空泛的作文，甚至可以说不符合要求。四十分的作文，小伟最终只得了十五分。语文拖后腿，他的总成绩一下掉出了前三名，最终没评上三好学生，因此也就没能得到他期盼已久的奖状。

泥墙上端端正正贴着的奖状依然是五张，两排，刀把形。单看很漂亮，整体看则美中不足，让人心生遗憾。就差一张。再有一张奖状就能排成红彤彤的长方形，像一面红旗那样飘扬在墙上，该多美！

如今愿望泡汤，小伟只能寄希望于下一个学期了。可，他还是不甘心，他认为自己应该做点什么。

做什么呢？他不知道。怨恨爸爸吗？是他害得自己的作文得不到高分，没得到奖状。他好像怨恨，又不怨恨。他说不清楚。即便怨恨，爸爸让他伤心，他还是盼望爸爸回来。如果爸爸要看他的作文，看他是怎样写他的，他会不情愿，可爸爸非要看，他也会让他看的。只要爸爸能回来。即便是看着爸爸吃香喷喷的鸡蛋饼,小伟也是高兴的。从春天到现在,都放暑假了,爸爸还不回来,他隐隐地感到有些不安。他想问妈妈,爸爸什么时候回来。但他不敢问,甚至也不和哥哥姐姐讨论这样的话题。似乎这个问题是个忌讳,大家都不说,但其实都在心里。这样憋着,让小伟感到难受。因此他吃完饭就不愿意在家里待。回到家里,他会感到无聊。他倒是喜欢写作业。不是因为他是个爱学习的好学生,而是写作业可以让他专心起来,忘掉那些乱七八糟的烦心事。再者,他写作业,是正事,妈妈也不好给他安排什么事情。

小伟除了爱写作业,把每一道题都写得仔仔细细,把每一页都写得整整齐齐,争取每一次都得优;小伟还爱画画,照着美术书画,或凭自己的想象信手涂鸦。总之,画画的时候是美妙的,信马由缰,就像是在做梦,不知不觉时间就过去了。每当画出他所想的东西,心里会腾起一股成就感。

可在妈妈看来,画画是不务正业。浪费时间不说,还浪费纸张,浪费颜料,画里的东西,能当饭吃吗,难道你一个小毛孩还能成为画家。卖不了钱,画出的东西一切都是虚的。

妈妈反对小伟画画,坚决不给他买绘画本和蜡笔,说实在要画,在废作业本背面画画就是了,反正美术是副课,你们老师又不教,费那神干吗?

妈妈不让画,小伟就偷偷地画。他把画藏在作业本下面,写累了,或是妈妈不在,他翻开画一会。妈妈一回来,他就迅速藏起来。这个秘密,后来妹妹对妈妈讲了,妈妈看他只是在废纸上随便画画,也就睁只眼闭只眼,没有再说他。

小伟喜欢画古代的亭台楼阁,喜欢画皇帝,画皇帝的龙袍,以及皇帝头上的帽子、帽子前沿下垂的珠帘。女同学们爱画古代的仕女，小伟从她们那里学了过来，他有时也会画个小姐，再画个丫鬟，他尤其喜欢画她们的裙子，一层一层的，还有飘带，还有头饰。

有一天，小伟突然想到，我为什么要画古代的，不画画身边的人物呢？

这个想法让小伟兴奋。说画就画，他首先想到的是妈妈，妈妈就在床上坐着，在给爸爸纳鞋垫，他可以照着画，一定能画出来。小伟侧过脸，很认真地画起来。

画好后，他拿过去让妈妈看。妈妈说，这是谁呀，弯着腰在干什么？小伟说，画的是妈妈你，你不在纳鞋底吗？妈妈当即笑了，说不像，我的脸哪有这么长，床也不像，手里的鞋垫就更不像了，我还以为手里拿了一块石头哩。虽说不像，妈妈还是很高兴，她没有指责小伟不务正业、浪费时间。她再仔细看时，还真有几分像哩，当一个孩子懂得去画妈妈，这难道不让人感动吗。

在写《我的爸爸》那篇作文期间，小伟无数次画起了爸爸。就像打草稿似的，他想让爸爸在脑海里清晰起来。他画了有十几张，只有一张比较满意。他画的是爸爸扬起手给他鸡蛋饼的瞬间，爸爸穿着气派的铁路制服，爸爸英俊的脸庞，爸爸手里的鸡蛋饼，是对折起来的，显得很文雅，爸爸目光平视，虽然他小伟在画外，但他能感觉到自己，就在爸爸的对面。

看着这幅画，他感觉很温暖，觉得爸爸还是爱自己的。要不，他为什么要把金黄的鸡蛋饼给自己。小伟的作文，就是围绕这一幕写的。他倒是觉得感动，可在老师看来，一个当父亲的把好吃的东西给自己的儿子，这很正常嘛，有什么值得写。再说了，吃吃穿穿，层面太低，如此平常的琐事，又怎么能写出父亲的伟大。老师甚至和小伟开了句玩笑。他说,杨小伟同学,原来你的外号是从这里来的呀。

小伟羞得满脸通红,拿着试卷低头跑了。

如今,愿望落空。小伟不甘心,他想自己画张奖状。

没有那么大的纸,怎么办呢?

想来想去,小伟想到了废日历,背面白白光光的,又比奖状大,只要按尺寸裁一张就是了。

小伟家没有日历。妈妈总是舍不得买,过年时连对联也不贴,檐下外墙上随便贴一张那种手工作坊印的老皇历,纸质是薄薄的草纸,野风一吹,就张开了口。上面正中笨拙地印着一个农夫,扶张犁,赶一头牛,正在耕田的架势,上下的字他看不懂,只认识一句:一农耕田,二龙治水。这两个词在小伟看来就像是咒语,没事时他会盯着看看,心想,如果让自己画,保准会把农夫和牛画得好看些。

每年早春,总有说春的出来讨粮讨饭,肩上背着一布袋,手里拿个碗,另一只手里拖着一根打狗棒。他们漂鸟一样在村庄里四处流窜,其悲苦的神情,让人不得不感叹生活的不易。作为回报,他们通常会谦恭地用双手呈上这样一张老皇历给主家,祝愿施主家兴人旺,猪肥马壮。

小伟家没有日历,他的好朋友王安斌家有,王安斌的哥哥在部队上当兵,由于表现好,立了功,光荣地转成了志愿兵。每年春节,政府慰问军属,发日历是其中的一项。王安斌家的墙上,整整齐齐地贴了一排,就跟小伟的奖状似的,看上去很漂亮。

在那个年代,日历不但是为了看日期,更是装饰画,废日历会继续贴在墙上,给简陋的房间增加点洋洋气。

好说歹说,王安斌给了小伟一张,条件是他要让王安斌抄作业。小伟把废日历按奖状的尺寸裁好,他先在废纸上打过几遍草稿,做到胸有成竹,才郑重地在上面画起来。

对于爱画画的小伟来说,画一张奖状不算难,不过是一些几何图案,布好局,搭上直尺,半个小时就能画好。

关键的是,颜色怎么涂。没有颜色的奖状,又怎么算是奖状,不过是白纸而已。红的是喜事,白的是丧事。无论如何,白奖状得涂上颜色,要不看上去多不吉利。

家里没有颜料,连蜡笔都没有,小伟只好向同学借。可同学里有蜡笔的很少,尤其是常用的绿色和红色,没有人愿意往外借。小伟说了很多好话,才从一位女同学那里借来一支橙色的蜡笔,最关键的红色,他没有借到。

小伟记得席上有红色的食用染料,铁牛的舅舅是大厨,他想让铁牛给他要一点,一点点就行。可铁牛生小伟的气,嫌他和刘枣走得太近,嘴上答应,却一直没行动。

该涂的都涂好了,就差红颜色。对于奖状来说,红色是灵魂,是喜庆的源泉。没有红颜色,怎么办呢?

小伟想,这一切都是因为自己的不争气,自己没写好作文,没得到三好学生,如果爸爸回来,知道自己退步了,必定很失望。妈妈说过多次,四个孩子里,就小伟学习最好,是家里的希望,小伟你可得努力学习呀。

想到这些,小伟自责起来。他不想让爸爸妈妈失望,他会努力的,即便这奖状是假的,他也要画好,画得红彤彤的,他相信自己是个好学生,下次考试一定能考好。

想到难受处,小伟突然有了主意,他举起食指,在眼前晃晃,

然后像对待仇人似的把食指放进嘴里。小伟狠狠心,咬破手指。小伟居然没有感觉到有多疼。当他把手上的血仔细地涂到奖状上时,那红色分外醒目,鲜艳得让他吃惊,让他怀疑是不是在梦。

他抬起头来,看着墙上的五张奖状,他想,爸爸什么时候回来?会是明天吗?

日　历

小伟要画奖状,他没有白纸,去问王安斌要废日历。

王安斌说,你要废日历干吗?包书皮吗?小伟不想说他画奖状的事,正愁找不到理由,王安斌这样说,他就说嗯,下学期开学好包书皮。

王安斌不干了,说日历纸多紧俏呀,我都舍不得用,包书皮用的是牛皮纸,你倒好,离开学还早着呢,你就有打算了。

没办法,小伟吞吞吐吐地说出了实情。

王安斌冒一句:小伟,你爸爸一直不会来,该不是要和你妈妈闹离婚吧。

小伟狠狠地盯着王安斌,气得一句话也说不出,扭头走了。

王安斌追上来,请求小伟原谅,说,我不过随便说说嘛,你爸爸那么好,在铁路上工作,人又长得排场,我不过是替你担心罢了,算我没说好吧。日历的事,过几天给你,得等我妈妈不注意时,偷偷取下一张。要是妈妈问了,我就说不小心弄破了,没有了美感,贴在墙上的废日历还有什么用。

小伟不理王安斌,继续朝前走。

他的心里,一直在想王安斌刚才说的话,这些话,该不是大人们说的吧,妈妈知道吗?如果真是那样——小伟不敢再往下想,小伟难受起来,他突然觉得妈妈好可怜,自己也好可怜。

小伟认识日历,是在王安斌家学会的。因为家里压根就没有日历,妈妈舍不得,过年连对联也不贴,连鞭炮也不放。妈妈说,钱花在那样的地方不值,不贴对联不放鞭炮不一样过日子。她不迷信那一套。

小伟知道,妈妈想攒钱修房子。老屋已经很破了,经常漏雨。最主要的是,搬出去,会和二叔他们离远点。爸爸和妈妈吵架,有一部分原因,就是和二叔家关系处不好,为一些东西老是争来争去,爸爸不但不帮妈妈,还偷偷给二叔钱,这让妈妈很生气,说我娘家那么艰难,你不帮,却帮这些白眼狼,你存心要气死我呀。

爸爸说,你活该,谁让你急着要修房。我没那么多的钱,要修,你自己修。

嘴上这么说,爸爸每次回来,还是把钱交给了妈妈。小伟知道,妈妈的箱子里有个信封,信封里装着一沓崭新的十元人民币。妈妈经常换地方,但小伟总是能翻到。小伟翻到,一方面是好奇,一方面是替妈妈着急,他不清楚修一座瓦房要多少钱,他只是觉得,那些钱肯定不够,他就想帮妈妈数数,数完,又原封不动地放回去。有次妈妈发现了,拎着小伟的耳朵恨铁不成钢地说,你是不是跟刘枣学的,要偷家里的钱,我告诉你,你要是敢偷一分钱,我打断你的手。

小伟委屈极了。他怎么会偷家里的钱呢,就是把钱给他,他

也舍不得花呀。有一年冬天,哥哥姐姐带着他去橘园镇上赶庙会,去时妈妈给了他们一块钱,他们在人堆里转了大半天,肚子饿了,哥哥要吃烧饼,姐姐不给买,说这一块钱是要买盐买火柴的。买完盐和火柴,哥哥看还有五毛钱,央求姐姐买三个热烧饼,一人吃一个。姐姐看哥哥闹得凶,就花两毛钱买了两个,给小伟一个,给哥哥一个,说她不饿,回家吃饭算了。哥哥高兴地啃起烧饼,小伟看姐姐不吃,他也不想吃了,他想,少吃一个烧饼就可以省下一毛钱,他要姐姐把自己的那个烧饼退了,他想挣回那一毛钱,可摊主不愿意,说吃的东西,卖出去就不能再退了。没办法,小伟把烧饼掰开,和姐姐各吃了一半。还有一次,小伟捡了两分钱,他本来打算买两颗水果糖的,妈妈买针线时,恰好没零钱,他主动把二分钱掏出来给妈妈垫了进去。嘴馋,忍一忍就过去了,能给家里帮上忙,小伟心里是高兴的。

小伟知道,妈妈已经动手准备了,砖、瓦、石头、沙子、椽子,这些都要慢慢准备,等准备得差不多了,才能破土动工。

小伟想,万一爸爸不要妈妈了,不要这个家了,该怎么办。妈妈又不挣钱,她一个人,能修起来瓦房吗?小伟着急起来,恨不得自己立即长大,好给妈妈帮一把。

小伟有事没事,爱到王安斌去看日历。起初他看不懂,密密麻麻的数字让他弄不出头绪。本来,他可以问王安斌,让王安斌教自己。可他不想问,他想自己弄懂。如果被王安斌知道自己不会看日历,岂不是很丢人。自己学习那么好,王安斌学习那么差,他却要请教他,他实在是不好意思。

小伟看不懂日历,想看懂,又不愿问王安斌,他每次就假装看日历上的风景,眼睛仔细研究,看能不能看出门道。有几次,他似乎看懂了,他轻描淡写地问王安斌,月底28号是星期几呀,咱们上不上学?王安斌在吃饭,他凑到日历跟前瞄一眼,说真倒霉,是星期五,还得上学啊。

小伟就再看,28号,星期五,这样反复研究,反复不经意地让王安斌来验证,终于,他会看了,不但看懂了阳历,阴历也学会了。小伟好高兴,有一种身轻如燕的感觉。

会看了,小伟才发现日历里传达的信息挺多的。有二十四节气,星期天和节假日也标得清清楚楚,提前就能知道,什么时候过什么节,一目了然,就像是站在一个高坡上,不再局限于脚下的那块地方,白云悠悠,视野开阔,可以左右环顾、鸟瞰全局,不但能看到时间的前面,还可以预看到时间的后面,这种感觉很奇妙,似乎有了一股力量,可以穿透日常生活的拥塞和凌乱。

盯着日历,小伟不由又想起了爸爸,他的食指从四月滑到八月,这么多密密麻麻的日子,爸爸为什么还不回来。他很忙吗?他真的不要妈妈,不要这个家了吗?

小伟茫然地看着这一个个数字,就像是看着一条河流,他希望这河流上能够有一条船,能够留住点什么。他仓皇地往后看,看到九月,那时候他就开学了,该上四年级了,爸爸会回来吗?

他再往后看,看到了中秋节。中秋节,是合家团聚的节日,爸爸工作再忙,他总该知道吧。小伟把手指摁在这一天,似乎在发誓,在做一个重要的标记。

他在心里对自己说,如果这一天,如果这一天爸爸还不回来,后面的结果他不愿想了。他感到了时间的恐惧,似乎被烫伤了一样,他迅速把手指从日历上抽了出来。

清凉的池塘

炊烟是村庄的头发。池塘是村庄的眼睛。

一方水土养一方人，依水而居是先民传下来的智慧。但河流总是有限的，洪水也有它残暴的一面。于是便有了池塘，像驯服的牛羊一样卧俯在村旁，滋养并陪伴我们。

池塘是一面天然的镜子。上映鸟雀流云，天光月影；侧收庄稼房舍、牲畜人迹。

池塘是口大水缸。每到夏天，池塘的水位会涨高许多。池塘里不养鱼，但有野生的小鱼。池塘里不种莲藕，但有野生的菱角。

有年夏天，我大概八岁的样子，自家场院里晒着麦子，妈妈扛上锄头干活去了，让我在家看着，怕被鸡鸭以及鸟雀偷吃了。那些年，吃上馒头是一件幸福的事情，麦子和稻谷都很珍贵，真是"粒粒皆辛苦"，被鸡鸭鸟雀偷吃了会很可惜。因此我也听话，写完作业，就坐在门墩上，老老实实地看场，也不出去疯跑。

这期间，铁牛刘枣以及王安斌来找过我，邀我和他们一起出去玩。我当然也想出去，但考虑到麦子、馒头，妈妈交给的任务，我还是拒绝了。他们走后，我有些失落，看着天空发呆，在一篇叫《馍馍》的散文里，我回忆了当时的情景，我无聊地看着天空，看着看着，我在云朵里看见了馍馍：

那么大的馍馍！那么白的馍馍！

我这样写,虽有夸张的成分,但情绪是少年的情绪,有一种很纯很美的惆怅。

我记得还是那个暑假,院子里晒着稻谷,妈妈干活去了,让我在家看着。对于鸟雀,我是痛恨的,如果它们不来打扰,我完全可以出去疯跑。麻雀很狡猾,它们呼啦啦地飞来,又呼啦啦地飞走,我没有它们敏捷,只能是做持久的斗争。

终于有一天,妈妈说该晒的都晒干了,不会生虫了。我舒一口气,终于解放了,终于可以出去和小伙伴们疯跑疯玩了。

夏天,我们最爱的便是游泳。怎么学会的,我忘记了。反正是扑腾扑腾着就学会了。

我们年龄小,只敢在河边游,深水区是不敢去的,大人也明令禁止,说你不想活了你就往里面游吧,那里面有水鬼。我们虽调皮,安全意识其实还是有的,什么地方该去什么地方不该去,我们有自己的尺度。

在浅水区,其实更有意思,可以站在水里扑腾,打水仗,或是笑嘻嘻地做游戏,我们都光着屁股,享受着美好的天赐时光。

除了在河里游,我们有时也去池塘里游,池塘是死水,游起来会困难一些,因此是我们的第二选择。但池塘里有小鱼小虾,还有野菱角,我们可以比着抓鱼抓虾,找菱角。

有一天,我和铁牛闹了矛盾,他偷偷地串联刘枣和王安斌,吃完早饭就出去寻猪草了。前一天说好的,我吃完饭去找他们,可他们都跑了,分明是在整我。我想提着篮子去田坝找他们,但心里又咽不下这口气,折转身,我一个人去了坡上。

坡脚有个池塘,有三四亩大,会把下雨时从坡上流下来的雨水收集起来。池塘边歪歪斜斜地长着几棵柳树和苦楝树,这个地方我们经常来,除了游泳,我们在柳树下打牌,争论前些天看的电影里谁是好人谁是坏人、谁比谁厉害等等,这在我们看来是很重要的事情。

那天我一个人,心情郁闷,我挎着篮子,在玉米地里寻猪草。突然,胡小山跑了过来,要我和他去池塘里游泳。胡小山比我大一岁,他家住下村,我们平时并不来往,我说,我还寻猪草呢。胡小山说,他待一会儿帮我,这么热的天,游一会儿吧,你教我。

我这才知道,胡小山不会游泳,或者说他游得不够好,不敢单独游。他让我教他,我无形中成了老师,这升起的成就感,使我改变主意,答应了他。

衣服脱光,我们扑通一声跳了下去。

池塘边是慢坡下去的,池塘里的水也不算深,除了中间,水也就淹到我们脖子,因此我们并不担心,开开心心地玩了起来。

或许正是因为胡小山不会游泳,我的虚荣心在作祟,我告诉胡小山,你水平不行,就老老实实在岸边游,我去中间游会儿,马上过来。

胡小山看我能去,他不能去,有些不高兴,但还是答应了。

我潜到水里,像一个重任在肩的密使一样往深水区挺进。我像一条鲸鱼,在水里钻出钻进。

我正游得美,听到胡小山在叫我,我扭头一看,他在离我十几米开外的地方挣扎。我赶快往他跟前游去,刚到他身边,他一把抓住我,把我压在了他身下。

我被他压着,没有反抗的余地,我只有往岸边游,使劲地游。所幸的是,离浅水区并不远,我们获救了。

上到岸上,我们都不说话。我生气他压我,他后怕刚才的一幕。太阳就在头顶上悬着,热辣辣的,我们都不说话,似乎在回味,回味刚才那可怕的一幕所散发出的死亡气息。

我们一直没有说话。我甚至也没有抱怨他。我们离得很近,可我们觉得孤单。

我想尽快离开这里。我走出十几步,他跑过来,把手掌压在我的耳朵上,神秘又恐惧地说:回家不要告诉你妈。

我当然不必听他的。但我还是按他说的那样去做了,我没有告诉任何人,至今我母亲也不知道这件事情。我想他回家后也没敢把这件事告诉他妈,他母亲同样不知道那件事情。我们把一个秘密,吞进了肚里,永远藏在了池塘里。

有一年,我回老家,在路上遇到了胡小山。我不知道他是否还记得当年我救他的那件事情。他没有说,我也就不必提,就好像压根没发生过似的,我们随便地聊着,聊世俗的生活。

回老家,我经常去那个池塘。那个池塘依然是原来的样子,不过是小了一点,里面多了垃圾而已。我在池塘边散步,回味我的童年,回想那个夏天发生的可怕的事情。我害怕吗?有一点,但更多的是留恋。纯真的一个少年,没有任何犹豫,听到呼声就向他的同伴游去。不懂得如何救人,却还是稀里糊涂地救了同伴。这要是放在今天,把这件事以新闻的方式曝光出来,我,也算个小英雄吧。

我这样安慰自己。其实,不过是为了保护那个纯真又脆弱的少年,让他能够活下来,有惊无险地把这个故事讲给现在的少年们听。

麦 收

在我国,有两种主要的农作物:小麦,水稻。小麦是北方的主粮,大米是南方的主粮。北方有黄河,南方有长江,是我们中华民族的两条母亲河。

秦岭、淮河一线,是我国南北的分界线。秦岭,被誉为中华龙脉。秦岭东西走向,绵延千里。北坡的水,汇入渭河,渭河是黄河最大的支流;南坡的水,汇入汉江,汉江是长江最大的支流。秦岭作为一道天然的屏障,阻挡了从北方吹来的寒流,一山之隔,风景迥异,气候不同。

我们汉中,恰好坐落在秦岭南麓,算是最靠近北方的南方了。北方的小麦,南方的水稻,在这里皆能生长。一季小麦,一季水稻,这种播植模式已持续千年。如果小麦是北方粗犷的男子,水稻是江南柔美的女子,他们在汉中有幸邂逅,结为夫妻。

米面夫妻,酒肉朋友。这是我小时候常听老辈人讲的一句话,透射出的是对平民生活的欣然接纳。

每年十月中下旬,霜降前后,平地松土播种小麦。此后就不用管了,麦苗渐渐绿了田野。过冬经霜,它们似乎一直是那个样,半踝高,恹恹的,似乎也在冬眠,在潜伏。

然而春天一来,它们拔节而起,和油菜花姑娘比着长高。

欣欣向荣的春天,小麦是绝对的主角。饱满的穗,青绿的叶,蓬勃的田野里满是生长的力量。

之后一天天变热,夏天来了,小麦黄了。

当神秘的杜鹃在村庄上空啼叫:"换工做活,浆水下馍",就是磨镰收麦的时候了。

镰刀,意味着收割。镰刀、斧头,已成为图标,成为农民工人的象征。

我们小孩,对锋利的镰刀,有天然的崇拜。几乎每家、都有最好用的一把或几把镰刀,平时不用,只有割麦时才派上用场。

磨刀不误砍柴工。磨镰刀,也是一项技术活,我记得铁牛的爷爷,磨镰刀就很有一套,有一粗一细两块磨刀石。我家收麦前,会请他磨。他大拇指在锋刃上轻擦着试刀的样子,我至今记忆犹新,屏息凝神,有股侠客的气概。

镰刀弯曲的弧度,便于聚拢,可以一次割一大把。那些割麦高手,速度快不说,左右开弓,手法娴熟,而且麦把不乱,没有倒穗,真是让人羡慕,算是乡村里的能人。

麦子割倒,要抱,打捆,往场院运。

麦有麦芒,割麦抱麦时会扎到皮肤,大人告诉我们收麦要穿长裤长袖,可夏天热啊,我们小孩耐不住,麦芒划过皮肤,会发红,一出汗,痒得难受。好在我们贪玩,注意力也就转移了。

把麦子拉到大场,一生产队的人在一起劳动那才叫豪壮呢。

先把麦捆摊开,在太阳下暴晒。有人按时翻麦,用麦叉挑薄。我们小孩在大场的阴处玩耍,用麦秆做不倒翁,编装蛐蛐的笼子,或是用麦秆来射箭,追击。

太阳西斜,热力减弱,正式的劳动开始了。每个生产队有台脱粒机,电带动,皮带传动,麦把放进去,嗡的一声就喷了出来。

得有人不断填送；不断把出来的麦秸往一边拨，打捆，码放；不断把脱下来的麦粒往另一边归拢，运到一个开阔处，用漏筛过滤，除去麦秆麦包，然后扬场，进一步除去麦壳。

为了充分利用机器，这一系列工作中途不间断。大人们分工明确，我们小孩凭兴趣左右穿插，机器轰鸣，人声喧腾，整个大场热火朝天，我们小孩就喜欢这样的集体劳动，感觉就跟过节似的，每个孩子都可以从对方脸上看到自己的笑容。日子的苦，似乎与我们没关系，或者说暂时遗忘了。

脱粒机一旦出现问题，可以歇工了。但大人着急。修不好，只有用笨办法，套牛拉着碌碡来碾场。碾不干净，用连枷打。"一夜连枷响到明"虽说夸张（因为后半夜有露水，所打的东西就疲了），但打到"月上柳梢头"还是有的。反正我们小孩没有具体工作，在夜色里玩，反而有诗意。

麦收后要插秧，时间紧。如果你不抓紧时间，周围的收了，留你一家孤岛，"水田围城"，那就麻烦了。因此种庄稼要合伙，要种麦都种麦，要收一起收。家里没劳力的，要趁早打算，跟别人换工，或请麦客帮收。

后来马路多了、宽了，车也多了，农民把麦子晒到路上，让过往车辆碾压，方便。但有交通隐患。

现在有了收割机，劳动量大大减小，麦收就没有那么忙了。

插　秧

　　插秧,是相对轻松的活路。技术要求不高,男女老少都能干。只要你把秧插到泥里,间距合适,不至于漂起来就行,歪点斜点没关系,几天过后扶正,它自然就长直了。

　　插秧有线绳绷着,先插标秧,标秧插好后,一人一路,倒退着,蜻蜓点水般依次插满,一方白亮的水田,一会儿就变成了绿的。

　　插秧水平的高下,往往就在这"间距合适"上,凭目测,凭感觉,左手握把秧,右手分出一棵,拇指食指中指钳住呈锥形,快速插进泥里,顺势拔出来,要感觉到秧根被泥吸住。然后又一棵,左、中、右,左、中、右,后退,又是左、中、右,左、中、右。

　　间距是否合适,秧插得漂不漂亮,后退一截就看出来了。那些插秧的高手,快不说,稳不说,就看秧路,行成行,排成排,就跟量过似的。就跟巧媳妇拉鞋底,针脚美,那人也就美了几分。

　　凭直觉,间距均匀,利于每株秧苗的成长。后来发现,并非如此,流行起了大小行,讲究疏密有致,一个大行一个小行,就像是两排姐妹,手牵手一同向上长。夏天热,通风很重要,两排姐妹就从两侧的大行来吹风散热。

　　插秧非力气活,看的是灵巧,因此有很多插秧高手是女性,她们针线活的底子,在这里应用得风生水起。

　　插秧费腰,老年人时间久了会吃不消。小孩娃没腰,真插起

来还顶个大人呢。我姐姐就是插秧高手,结果被许多大婶调侃,说这女娃灵巧,心又实,将来一定能找个好婆家。

麦收之前,清明时节,得先育小秧苗。

育小秧苗的田被称为秧亩田,冬季闲着,有的种些苜蓿,开春犁过翻在田里当青肥。

清明前一两周,先把稻种泡好,在竹笆子上铺层报纸,把稻种均匀散开,然后放进温室,等其发芽生长。通常,一个生产队会建一个大温室,有专人经管,有时还要烧火,给温室增温。一两周过后,稻芽长到半指高,白白的根须织在一起,下白上绿,甚是清雅,可以取出来往秧亩田里栽了。

栽小秧苗,是个考验耐心的细活。看是巴掌大的一团秧芽,要栽完,得好长一段时间。实在是要一棵一棵撕开,就跟数数似的,一棵一棵往秧亩上点。于是整个秧亩上,便是密密麻麻的指印。其实是手指窝,你得把纤弱的根须压在泥上,不让它倒了。插完,在秧亩上撒层拌着草木灰的细土,给它压压根,也算给点营养。隔天,看它们站稳了,就可以往秧亩田里灌水了。但,小秧芽太弱,不能漫灌,要让水在秧沟里慢慢升高,刚好浸到秧亩就行。几天过后,秧芽挺直,就可以让其饱饱地喝水了。烈日之下,你会看到秧亩上会泛起一个个气泡,就像鱼儿在呼吸。

好多人愿意栽大秧,不愿栽小秧苗。栽小秧苗急人,就像是在绣花,半天也看不出劳动成果,因此栽小秧苗要人多,人多手快,一会就是一大片。

再者,清明时节,天会返寒,站在秧沟里,腿脚冰凉,手指发麻,实在是要动用意志来坚持。我们小孩,要上学,但我们会相约,用中午吃饭的时间,呼啦啦几十个孩娃开到某个同学家的秧亩田,一会就栽出几畦。第二天,又呼啦啦开往另一个同学家,就跟走亲戚串门似的,跑着玩着就把活干了,可谓皆大欢喜。

招待我们学娃的,往往是面皮。集体吃饭才热闹,才香呢。干到时间,一群孩子又呼啦啦说说笑笑赶往学校。

栽大秧,天已经热定,站在水里挺舒服。

如果是下雨,戴顶草帽,披块塑料薄膜,照插不误。雨中的秧苗,翠绿翠绿,换移也轻,虽说干活,心里不急,胸中坦然,还真有点"青箬笠,绿蓑衣,斜风细雨不须归"的闲情逸致。

大田里灌水牵牛拉耙平好的同时,已经有人在秧亩田里拔秧苗了。拔秧是个辛苦活,坐在一个丁字形的小木板上,反手钳住秧根,(太高不行,会折了秧棵,俗话软腰了,插秧就费时。)趁着劲往上提,拔出后窝在手里,继续拔下一棵,待手攥不住了,把根须上的泥摆净(为了减轻重量),然后用稻草(自然是去年的陈稻草)打把。拔秧的高手,会左右开弓,两只手同时拔,然后摆净,两个半把交叉一绑,刚好一个整把。插秧时只需斜着一拉,不需解开稻草。

拔好秧,得往大田里运。通常用架子车拉。但有时,有捷径,比如,用沟渠的水道,让其自然流过去。我们小孩特别爱干这种事,即便水道小,容易堵塞,我们还是乐意,不断疏通,巡航,看着秧把在水里浮动,依次前进,我们似乎是作战的将军,指挥部队往目的地开发。后来我想,我们小孩之所以喜欢,还因为这里面有"曲水流觞"的浪漫。

把秧运到大田,插秧前先抛秧,使秧把在田里均匀分布,插秧时就不用左右跑了。这样的活路我们小孩也爱干,只是力气有限,抛不到中间,只好下到田里,又二次抛秧。

插秧时节,燕子已飞回,正在筑巢。白亮的水田里,漂着白色的浮沫,燕子好像对这浮沫分外感兴趣,总是飞掠着嗅嗅,又优美地飞走。

收麦时大地呈黄色。麦收后只几天,就变成了明净的水田。那些青绿的秧苗,虽然还没有换过秽,挂着黄尖,但满眼的绿色让人心旷神怡。谁都清楚,过不了几天,它们就会成为绿油油的稻田。

收稻往事

两个忙季,麦季较忙一些,要抢时间,收了小麦要赶快脱粒晒干,春夏雨多,不及时收,淋了雨,会成芽麦,可惜了。再者,收了小麦,紧接着要灌水平田插秧。

稻谷生长周期四个月,五月插秧,九月稻谷就熟了,像作文里写的那样,沉甸甸地笑弯了腰,等着农民伯伯来收割。

收完水稻,有一段空闲期,等十月中后旬才翻田平地播小麦,因此收稻往往不像收麦那么急,可以悠着点。但秋天有连绵阴雨,如果不抓住晴天机会,阴雨不断,则真的要收"水稻"了,稻田里水汪汪的,举手投足都不方便,回去还得把湿稻谷在檐下屋内凉开,及时敞去水分,不能让窝着发热,否则就麻烦了。

我五六岁时,还是合作社,无论是收麦还是收稻,都在大场里集体进行,有割稻的,有运输的,有在大场里脱粒的、晾晒的,可谓男女老少齐上阵,甚是热闹。我们小孩子,除了在田里拾拾稻穗,干点跑腿活,主要的任务就是玩。大场是我们的游乐场,大场也是我们的幼儿园,我们在大场里自由成长,大人们并不管我们。由于不参加具体劳动,我们觉得忙季挺好的,人来人往,热火朝天,我们小孩子就喜欢这样。

我七八岁时,农村分田到户,责任承包,大锅饭算是彻底结束了,集体劳动变为家庭劳动。由于父亲常年在外,忙季里,主要就母亲一个劳力,我和哥哥姐姐不得不帮忙,收麦收稻,我们都亲临前线,这才意识到劳动的繁重。

水稻脱粒,主要有两种方式。一种是用打谷机,效率高,但当时尚未普及。还有一种,较为原始,几千年来我们的古人就一直用这种办法,那就是,用拌桶拌。拌,这个动作,就是把一大把谷穗握在手心,向上举到肩部,然后使劲往下,往硬物上抽、摔、打。

拌稻谷的桶,就叫拌桶,木质,斗形,上大下小,有一张床那么大,半米深,四角上方各留一个15厘米左右的榫头,如长出的四只耳朵,作为在田间移动时的把手。收稻时,先用竹席把拌桶的三面围起来,以防拌打时谷粒飞溅。未围的一面,则是拌打稻谷的地方。通常可以站两个人,一上一下呼应着上下拌打,就跟收麦时打连枷一样,应和着以避免单调。

拌稻谷,是体力活。记得有一次,姐姐和母亲搭伴拌,第二天,姐姐连胳膊也抬不起来,腰也疼,母亲让她在家歇着,不要去田里了。姐姐嘴上答应,过一会,又去了,她想胳膊疼拌不了稻,割稻总该可以吧,结果割稻也疼,她急得哭了起来,说,妈,明天忙假就结束了,我们都上学去了,你一个人怎么办?

母亲说,天晴着呢,不急,一天干不完两天干,心急吃不了热豆腐。

姐姐拌不了稻,哥哥顶上去。拌一会,母亲去割稻,让哥哥歇一会,说,正长身体哩,可不敢像你姐姐,用力过度,得不偿失。

我和哥哥就在拌桶里玩。

农闲时,我们常在拌桶里玩一种抢位置的游戏,五个人四个角,总有一个速度慢的会被撂在中间,然后罚输者,老牛拉木头,一走一圪蹴。

我和哥哥玩的时间一长,姐姐就训我们,小妈妈似的,有时还叹气。

后来我家也有了打谷机。那个高兴呀,就像是有了什么新式武器。不收稻,也爱踩动那嗡嗡地叫的转筒。

在我看来,打谷机的转筒很威风,忍不住就想跃跃欲试。可母亲不让我上,说人太小,太危险。我不听,偏要上。母亲拗不过,就把脚上的力气小下来,让轮子转速慢下来,然后把着我的胳膊,让我试那么一下。刚上去,只听"嗡"的一声,谷粒四溅,一股强大的力量拉扯着我的手臂。幸亏母亲把着我,手里的稻束才没被滚筒夺过去。母亲看我劲头足,继续把着我的胳膊,脚缓缓地踩,让我把稻束放在滚筒的上面,试着转动手臂……哥哥在后面等得不耐烦,开始发脾气,让我滚。

母亲便把我扶下去,郑重地告诉我:以后不许单独上,弄不好会把手绞进去,听见没!

以我小孩的脾性,固然可以没听见,但我知道,我们邻村有个小孩的手就是被打谷机的滚筒卷进去了,结果丢了一只胳膊。

相对哥哥的训斥,母亲的叮咛是温暖的。我不再添乱,腿脚伶俐地给母亲拿稻束,给姐姐张口袋,把拌桶里拌下来的稻粒装进去。

　　有时太阳大，太热，母亲会给我扎几个草人，然后架起来，架成一个草房，让我在里面休息。这种时候，哥哥会不高兴。母亲说，那你也别干了，去里面耍一会儿。

　　哥哥却不，说，早干完早了事，让我出去和他装口袋。

　　有一次，我俩就干了架，哥哥腿一别，干脆地把我摔在草人上，我正要哭，哥哥竖起食指，示意我不要出声，然后他飞快地从另一个草人上抓住了一只蚂蚱，个特大。哥哥说，你不哭我就给你，你哭我就放了。

　　除了抓蚂蚱，我们也抓青蛙。稻子收过青蛙无处逃，爱往草堆里钻。抓住青蛙，我们左右手可抓住青蛙的后腿，让它们相互打架，看谁的青蛙厉害。

　　夕阳西下，红霞渐消，我们也该收工了。

　　把打谷机放在架子车上，把装稻的口袋码在打谷机里，母亲拉车，姐姐在侧面用绳帮力，我和哥哥在后面小跑，遇到上坡的路段奋力推一把。说说笑笑间，就入了村口。我们胜利归来。一天的劳动终于结束了，晚饭后又可以自由自在地玩耍了。

孙悟空

我小学四年级的语文老师叫孙建军。孙老师是个民办老师,个不高,尖嘴猴腮,怎么看也不像个好老师,因此我们从一开始就不喜欢他,背地里偷偷叫他"孙猴子"。

"孙猴子"当时二十七八的样子,还没成家,估计就是因为他的长相吧。另外"孙猴子"脾气不好,爱暴躁,动不动就想打人,我们班的女生尤其怕他。凭我们的经验,一般都是数学老师严厉,语文老师唠叨一些。可这个"孙猴子"话不多,从来不和我们玩笑,更别说谈心了。

孙老师发脾气时,脸上毫无表情,就那么冷峻地看着你,猛地扯你的耳朵,被他扯耳朵的同学疼极了,就在心里骂他,骂他活该讨不到媳妇,活该转不了公办。

说起来,这个"孙猴子"虽然只是个民办教师,心性却高傲,不但不和我们说笑,也不怎么和那些公办老师们说笑,总是独来独往,一副心事重重的样子。听高年级的同学说,孙老师会吹笛子,在晚上那笛声就特别悠扬。可我们不上晚自习,下午一放学就离校了,实在想不出一个民办老师能吹出什么笛子。

孙老师上课也特别,他教我们认字不是按课文和生字表来,往往是一组一组的,没学过的也会出出来,让我们比较着记。比如学一棵树的"棵"字,他会让同学们把自己知道的所有的木字旁的字都写到黑板上去,等同学们写得差不多了,他再补充上几个,然后,这就是今天的作业。一个字三遍。第二天听写,不会的字继续写三遍。再不会,放学后留下来写三遍。

孙老师的这套野路子,有很多公办老师不服气,去校长那告状,说他不按教材备课,是误人子弟。可孙老师带出来的班语文成绩一直不错,校长也就不好说什么,睁只眼闭只眼,由他去。

我记得有一次,班里的几个差生还是把"买"和"卖"分不清楚,老是写岔。孙老师讲着讲着,发脾气了,大吼着说:你们都给我听清楚了,这"卖"字上的"十"字,就是你们家的"粮食",有"粮食"才能"卖",没"粮食"就只能"买"了,懂了吧。

我们惊讶地听着他的解释,不是太懂。但事实是,这个办法确实管用,以后再没有同学分不清"买""卖"了。

我还记得有一年冬天,天刚下了雪,极冷,下课后同学们都缩着脖子窝在教室里,感叹着说:哇,好冷呀,冻死人了!

孙老师本来已经出了教室,他突然返回来,站在讲台上很严肃地问:你们知道"冻死人"是什么意思吗?

我们都不敢出声,看着他。

他食指一挥,一字一字地说:"冻死人"——冻得是死人,活人是冻不死的。

说完,"孙猴子"头也不回地走了。

我们愣愣地想着他说的话,不知是谁先带头,呼啦一下全涌出了教室。

这个"孙猴子",虽然严厉,长得不好看,且是个民办教师,但他教书确实有一套,到五年级时,我们班的成绩明显超过了其他几个班。在一次全县的知识竞赛里,我们班代表我们学校获得了第一名,孙老师的名气大振,很快就转成了公办老师。而且,他也很快有了媳妇,是我们邻村的一位姑娘,长得不是很好看,然而皮肤白,样子文静,和孙老师走在一起就像是他的学生。

也就是在那次获奖后的表彰会上,孙老师当着全县的师生,表演了笛子独奏:《金蛇狂舞》。我敢说,那是我听过的最爽的音乐,节奏欢快,曲调激昂,且看我们孙老师,腮帮子用力地鼓着,原本的"尖嘴猴腮",顿时成了彤红的大方脸,再看他十指翻飞,神情激扬,简直就是明星——帅呆了!

于是我们送给了他另一个外号,孙悟空。

谁偷走了我的球鞋

我上初中那阵很流行白球鞋。然而有一天,我发现我的白球鞋不见了。

我的球鞋是前一天洗的,就放在宿舍的窗台上,因为没干,我就没收。第二天是星期天,大太阳,我去窗台上收鞋,准备去逛街,可我找来找去,白球鞋不见了。我当时心里就"咚"的一声,意识到是被贼偷去了。这可怎么办?为买这双鞋,我给家里人说了多少好话。我头上直冒汗,简直就是慌不择路。当时窗台上有六七双鞋,白球鞋有两双,但都不是我的。我仔细一看,其中的一双是王宏斌的。王宏斌和我同村,我俩关系一直很好,穿同样大小的鞋。而且,我俩的鞋是在寒假的庙会同时买的,不认真看几乎一样，只不过我比他爱惜一些，他的鞋略显旧一点。仓皇之中，我看四周没人，便飞快地把王宏斌的球鞋收在了袖筒里，然后贼一样地溜进了宿舍。

可他的鞋我怎么穿出去呀？情急之下，我取出钢笔，在鞋的后跟处挤了几滴墨水，心里告诉自己，如果王宏斌看见了，就咬定是自己的，脚后跟上有墨迹可以作证。如此这般遮掩一番，心里似乎轻松一些。可我还是不敢把鞋穿出去。虽然上面有我伪装的墨迹，但心里有鬼，到底是没底气，如果被王宏斌识破，那该多丢人！何况我俩还是好朋友。由于心虚，下午我没去逛街，也不敢在宿舍待，而是躲到教室里去看书。晚上回到宿舍，王宏斌告诉我，他的白球鞋丢了，不知被那个缺德的人偷去了。我尽量保持平静，还安慰了他一番，然后钻进被窝里蒙头睡去。

第二天，我才鼓足勇气把白球鞋穿出去，而且一改平日爱惜有加的样子，故意把鞋子弄得很脏，走路故意把脚后跟抬高，好向人展示我"此地无银三百两"的墨迹。

王宏斌似乎也没有发觉，依然和我像往常一样来往。这反倒让我心里愧疚，不自在，那双鞋就没好意思再穿。一段时间之后，发现脚大鞋小了，便拿回家给了我弟。

再后来，我们就初中毕业了，各奔东西，鸟一样四散而去。

那件不光彩的事，似乎也可以沉寂了，但其实不是，每次去商场买鞋，我都会不自觉地想起那双白球鞋，脸上发烧，觉得对不起王宏斌。王宏斌初中毕业没考上高中，回村务农，而我漂泊在城市，见面的机会虽然很少，但终究是心里有愧。有愧就是不安。那白球鞋上的墨汁，挤上去容易，褪掉却很难，是我自己抹上去的一个污点。

有一年春节，回老家过年，正巧遇到了王宏斌，一番寒暄之后，看四周无人，我鼓足勇气说出了那个秘密，算是当面向他道歉。王宏斌听后嘴角一咧，手挠着头只是笑。然后他神秘又略带害羞地说：你知道你那双球鞋是谁偷去了吗？

　　谁偷的？我问。

　　王宏斌继续挠头，说就是他。他当时喜欢一个女同学，而我的那双比他的显新一些，他原本只是想临时穿一下，去"约会"的，结果我把他的鞋拿走了，又在上面挤了墨汁，他也就没再说什么。但又不能穿出来，后来就把那鞋给了他的一个表弟。

　　好家伙，原来是一场误会！我抱怨他为何不早说？害得我心里都有了阴影。王宏斌说，出现这样的事，能怎么说？你回忆回忆，那时我们关系多好呀！说破了，俩人还怎么处？

　　然后我俩就自嘲着嘎嘎地笑了。

怀念荷花

　　那年，我在位于秦岭南麓的升仙村插队。那里交通不便，风景秀美。据说，"一人得道鸡犬升天"的典故就出在这里。村里有所小学，极其简陋，校舍借用的是一所废弃的古院落，名曰"唐仙观"，也就是升天的那位唐道士生前炼丹修炼的住所。

　　这个美丽的故事很是诱人，让人浮想联翩。闲暇时我和几个要好的知青会爬到山上，吹着山风，看着白云，絮絮叨叨又心潮澎湃地畅谈未来和理想。只是,这里太偏远了,连报纸都很难看到,除了广播里那些铿锵的口号,我们对外部世界几乎一无所知,似乎一切都很遥远,朦胧如晨昏的雾气。朦胧久了,便不免有些悲观和叹气,不知道自己的人生究竟在哪里。

所幸的是,入秋后,"唐仙观"小学差一名语文老师,让我去了。学校在山脚下的渭水河畔,这里地势开阔,树茂林深,是学生们的天堂,到处可见孩子们奔跑的身影,以及他们叽叽喳喳永不停歇的欢声笑语。我似乎也受到了感染,身体里滋生出了孜孜不倦求学的劲头。

"唐仙观"里有棵两米多粗的皂角树,是一个天然的凉亭,无课的时候,老师们会聚到这里聊天,说学校的事情,说国家的政策,更喜欢说一些道听途说的奇闻轶事,以此来消解一天的疲乏和生活的单调。

有时,老师们也会争论起来,以他们平素在讲台上练就的自信发表演说,彰显实力。我发现,一个叫李长方的老师从来不凑这种热闹,他似乎惧怕处于事物的中心,即便是在课堂上,他也是按部就班,从不忘乎所以地高谈阔论。他脸上时常流露出的那种善意的害羞,似乎对生活抱着深深的歉意。

李长方的年龄和我差不多,家住斗山背后的望仙桥。和大多数乡村民办教师一样,他没有宿舍,需回家过夜,十几里的路,全靠步行,第二天一大早再赶过来。

李长方家里有七个兄弟姐妹,其中一个是个傻子,而李长方排行老四,是家里的"顶梁柱"。听说,他喜欢上了他们那个村村主任的女儿。村主任不同意,给中间人的说法是,他多年前就许下了诺言:他的女儿非公家人莫谈。这个说法无疑是一把利剑,把李长方老师逼入了绝路。

与李长方邻村的方老师在一次闲谈中向我透露,李长方曾在一次月夜回家的路上向他激情倾诉,他最大的梦想就是成为一个公办老师,其次是拥有一辆"飞鸽牌"自行车。

有一天李长方在上体育课时把脚崴了,虽然他一再声明不严重,可到下午我看见他走路的姿势还是很滑稽,引来学生们阵阵哄笑。出于同情和怜悯,我放下一个城市人惯有的矜持,向他发出邀请:"不方便的话,晚上就别回了,和我睡一张床得了。"

他点头同意,眼睛碰了我一下又迅速闪开。

那天睡到后半夜,他说起了梦话,一个劲地叫荷花,荷花。清早起来,我告诉他夜里说梦话了,一直在叫荷花。他先是大惊失色,接着向我解释说,他从小就喜欢荷花,昨晚刚梦到了一朵,刚想摘,却不见了。说完他拿着教科书黯然神伤地出了宿舍。

望着他深蓝的背影,我突然想起了他心爱的姑娘,她叫什么名字呢?有着怎样的长相?他和她?——他能不能成为村主任的女婿?

这一切的悬念,因为不熟,更因为李长方的自尊,我不便多问,只能是在心里暗暗地祝福他。

后来,如人们所知的那样,国家政策变好,我欣喜回城,开始了全新的生活。升仙村"唐仙观"小学的那些人事,从此成为模糊的往事,成了我记忆里最美好的一部分,俗称怀念,被怀念的人徒劳地怀念着。

我这里要说的是,生活的神奇总是让人匪夷所思,目瞪口呆。三十多年后的今天,这个平常的黄昏,偶然的一张报纸上,一篇题为《怀念荷花》的文章赫然进入了我的视线。它的作者,正是李长方。

　　起初,我以为是一篇写景的文章,但当我看完内容,我明白了一切。有一个姑娘,她的名字叫荷花……她的美丽和哀愁已无关紧要,重要的是她曾经温暖过一个青年的青春和梦想!

糖

　　在我小时候的印象里,最好吃的东西便是糖。

　　糖的甜味是单纯的,而且浓烈,因此药太苦的话,我们要求糖来冲淡,企图压住苦味。事实上,苦味又怎能被压住,不过是小孩子自我安慰罢了,大人是没有这样来喝药的。在大人看来,糖固然甜蜜,却是一种过于简单的味道。大人喜欢喝酒喝茶,我们小孩尝过说辣、苦,想不明白如此难喝的东西为什么还喝上了瘾。大人心里清楚,让自己上瘾的恰恰就是这"辣味""苦味",这"辣"这"苦",才是复杂的味道,仿佛人生,在你品的过程中会渐渐延伸出其他的味道,五味杂陈,回味无穷。这样的话大人对小孩解释不清楚,只好说,你还小,等你长大了就知道了。

　　长大了我发现,确实是那么一回事。甜味是一种太过直截的味道,和孩子们的单纯是般配的,很容易就俘获,让你忽视了舌头之外的味道。

　　我们小时,谁没有痴迷过水果糖?一方面是因为水果糖甜,一方面因为条件艰苦,吃上水果糖很难,只有过年过节时才吃上

那么几颗。两方面挤压之下,糖,几乎成了幸福的代名词。电影镜头和文学作品里至今还在运用这个甜蜜的"意象",不是吗?

我们小时候因为馋糖,对糖纸都崇拜了起来,收藏糖纸成了许多孩子的爱好,尤其是女孩子。而且可以炫耀,似乎收集来的糖纸也是自己吃过的,可以证明自己的富有和甜蜜。

我小时候吃过的糖里面,有一粒我印象特别深刻。那粒糖,是山槐嫂给我的。

那年我还没有上学。

我家有个邻居叫老陈秃,老陈秃打了多年光棍,后来娶了个外地媳妇。那个媳妇娶来后晚上经常哭,白天也不怎么出来走动。我妈说,这媳妇是老陈秃花了五百元钱从秦岭深山里买回来的。

有一天晚上,我从刘枣家往回走,刚走到巷道口,看见那个外地媳妇鬼鬼祟祟地从路边的树荫里钻了出来,手里还提着一个包。她一脸慌张,险些撞到我身上。

我"哎哟"一声尖叫,正准备往回跑,那个外地媳妇一把抓住我,急忙从兜里掏出一粒糖,递到我眼前说:娃子,千万莫对别人说看到我了,要是你答应,这糖就给你!

我点头,接过了那粒糖。外地媳妇舒了一口气,往北边的小道跑走了。

我吃着糖,慢悠悠地往回走。还没到院门口,就看见老陈秃气急败坏地带领几个小伙打着手电筒赶了过来。

老陈秃看了看我手里的糖纸,恶狠狠地说:见到我媳妇了吗,娃子?

我摇摇头,不说话。毕竟我答应了那外地媳妇要保守秘密的。

老陈秃跺跺脚,威胁说:娃子,我还欠你爸一百块钱哩,这媳妇是我花钱买来的,要是你不告诉我她去了哪里,找不到媳妇,我就不还你家钱了!

当时最大的钱也就十元钱,一百元可不是小数目,我慌了,往那个外地媳妇逃去的方向指了指,然后飞快地跑了。

第二天,我听我妈说:老陈秃的外地媳妇跑了,不过被抓了回来,据说,马上就要跑到橘园镇上了,就差几百米……

我不吭声,仿佛与我无关似的。只是心里很不平静。

后来,那个外地媳妇有了孩子,便不再跑了。我们称呼她为山槐嫂。因为她的老家在很远的秦岭深山里,反正是很穷很苦很闭塞的地方,另外她的名字里有一个槐字吧。

山槐嫂个子不高,一年四季穿一身蓝布衣服,不太和人说话,只顾埋头干活,偶尔在巷道里走,也是顺着墙根,像一团潮湿的影子。因为那粒糖的缘故,我多少有些怕她,看见她远远地就躲了。

后来,我家修了新瓦房搬走了。

再后来,我外出读书,回老家的次数也就少了。有一年寒假,无意中从母亲嘴里得知,山槐嫂死了。据说,她得的并不是什么不治之症,只是需要花五千多元,而老陈秃认为,当年的五百,比现在的五千还值钱呢,这一下要为她花这么多钱,不值。结果,山槐嫂就无声无息地死在了家里。

山槐嫂的荒坟就在村前的路口,每次回乡经过,我心里都不是滋味,甚至说是心存愧疚,因为我总是想起她给我的那粒糖。

我常想,如果我当年能信守承诺,守住秘密,逃脱出去的山槐嫂又会是一个怎样的人生?

花信风的约定

那年我十三岁,还是一个淘气的孩子。我上树掏鸟,不小心摔下来,腿摔折了。起初,我并不知道事情的严重性,以为在家里躺几天,照样可以四处蹦跳。然而,右腿越来越疼,肿了,连秋裤都穿不进去。父母赶快用架子车把我拉到了县医院,我在骨科病房住了下来。

这是我第一次住院。病房干净整洁,有现成的开水,在我看来就是奢侈的宾馆。我天真地以为,任何毛病,只要到了医院,总会有办法的。然而在经过两次手术后,我的腿上一直没劲,有时还会突然失去知觉。父母的脸色越来越难看。我意识到他们可能在隐瞒什么。我害怕了。一个恶毒的词:残废,迅速堵住了我的喉咙。

我开始胡思乱想。我想我再也不会跑了、跳了,不能去上学,我会永远坐在轮椅上,没有任何希望地成为父母的累赘。我的脾气开始变得暴躁,动不动就和父母吵,我说我不想再受罪,我要回去。我的下一句话是:我不想活了。可我不敢说出口,这句话太可怕了,就像是吊在绳子上的一口随时都会倾翻的黑锅。我不想就这样被倒掉。我不甘心。可又有什么办法?我只能躺着,看着窗户外头的天空发呆。

父母想尽各种办法来安慰我。甚至护士和医生也来劝我,要我配合治疗,说前两次手术确实存在问题,但第三次,一定会成功的,让我尽可以相信他们。

我将信将疑。躺在病床上,我斜眼看着眼前不听使唤缠满石膏的腿,就像是一堆破烂。两个多月来,我受够了,除了疼痛,已经没有再让我相信的东西了。甚至是麻药。我的脑壳里飞旋着的全是那种类似于太空里的东西,那种最悲观的科幻。一刻也不能停止。

一天,病房里住进了一位老奶奶,她是被推着进来的,听说是得了一种什么骨髓炎。她躺在我隔壁的病床上,不时有儿女们来看她。她和我的父母很快就聊上了,自然而然地聊到了我的腿。老奶奶看我把头蒙着,只是睡觉,故意和我搭话,问我是那个学校的?我知道她是想安慰我。可我不稀罕。

老奶奶是一位退休教师。为了鼓励我,让我振作起来,她处心积虑地给我讲了许多富有哲理的故事。我承认她讲得确实很好。我又告诉自己:这里不是课堂,是医院,一阵阵袭来的疼痛是不讲"道理"的。我的腿到底有没有救?会不会截肢?没有谁能告诉我。我强烈地感到自己正在成为一个被抛弃的人。

一天清晨,在我把"科幻片"演得头昏眼花快要爆炸的时候,我从被窝里探出头,大口大口地喘气,看着窗外真实的天空发呆。突然,我从窗沿上看见了几朵桃花。准确地说,是三朵,嫣红嫣红的,新鲜极了,似乎还是我五六岁时看见的模样。我直起上身,渴望看到更多的桃花。

这时,刮起了一阵风,桃花乱颤,仿佛在跳舞,似乎整个春天都跃到窗口,在喊我,向我招手。是的,我已经好久没有到室外去了,我几乎已把春天遗忘。

老奶奶看见了我的异样,她兴奋地说:花信风,第十三番花信风吹来了。

花信"封"？十三番？我不明白。

老奶奶兴致勃勃地对我说:花与风之间是有约定的,每年从小寒到谷雨四个月的时间里,共要吹二十四番风。一番风吹来,一种花儿开。一番吹开梅花,二番吹开山茶,三番吹开水仙,四番吹开瑞香……直到立夏,所有的花都开放。风有信,花不误,岁岁如此,永不相负,这样的风便叫花信风。

我满脸惊奇地听着,简直像是童话——多美的约定！多美的风！

我问奶奶,海棠花开是哪一番风?

奶奶掐指笑着说,是第十六番风,再过三十天左右,那风儿一吹,海棠就开了。一定的。她忽然又问我,为什么喜欢海棠?

我说,我家院子里有,我不清楚它开了没有。

奶奶呵呵笑,说,花信风,人信己,让我不要胡思乱想,安安心心做第三次手术,人生哪有那么多倒霉的事情……说不定,一个月后,你就能出院,还能回家看上海棠花开呢。

也就在之后的几天,我从父母那里得知,老奶奶得的其实并不是什么骨髓炎,而是骨癌。我很是震惊。躺在床上,看着得骨癌的奶奶和人说话时笑语盈盈的样子,再想到奶奶对我说的美丽的花信风,以及开在我窗口的嫣红的桃花,我在心里不由暗暗告诉自己:我一定要坚强,我一定要站起来,我一定能站起来。因为,我相信花信风的约定。我要回家看海棠花。

成长笔记

这个故事是这样的。说起来挺有趣。

当时我去一所高中做讲座,并向这所学校的图书馆赠送了我的几本书。在做讲座时,我留下了自己的通联,希望同学们在成长的过程中遇到什么困扰可以和我交流,因为我有一颗童心,我沉迷于写成长小说,其实是当笔记来写的。我愿意和他们交流,也能体会他们的处境。成长,实在是一件奇妙的事情,因为每个孩子被上帝安置在不同的家庭,这别无选择。但这别无选择里,一定有缝隙,让你在自己的处境里开出别样的花朵。这是你的命运,也是你的财富,你的独特的体验,必定会进入你的个性。

大概半个月后,我收到了一位女生的来信,她说她看了我的书很是感动,而且有了自己动手写的冲动。她说,原本苦涩的事情,写出来却是美的,她问我这是为什么?我能感受到她的激动,并初步断定这个女孩已经触摸到了文学的弦。我对她进行了鼓励,并简单讲了文学疗伤的意义,希望她能把自己的故事写出来,写的过程,其实就是认识的过程。而且能充分地认识自己。

一周后,我再次收到了女孩的信,她写了下面这个故事:

我十四岁那年,父亲决定送我到县城读书。父亲说城里的教学质量高,考大学有保障。还说舍不得孩子,套不住狼,该花的钱就得花,心疼芝麻丢了西瓜,不划算。

起初,我住校。然而因为身体一直比较弱,再加上刚进入一个陌生环境,老生病。父亲一咬牙,在学校附近租了一间房,要给我陪读。

父亲没有什么一技之长,在城里找份工作并不容易。考虑来考虑去,他决定拉板车。父亲说,拉板车不用怎么投资,力气就是成本。再者,也自由,想拉就拉,不想拉就收摊,不用看谁的脸色。

在我们租屋不远处,有个大型家具批发市场。父亲就去那里找生意,越是刮风下雨天,父亲守的时间越长。父亲说,那里的生意还不错,只要肯守,就有生意,一天最少可以挣到五十多块钱哩,让我一心一意读书,将来考个好大学。

家具市场在老城区,交通不好,因此一般不让机动车进去。买走的家具,主要靠板车来拉,因此市场门口拉板车的人特别多。有一次放学我经过那里,仔细数了一下,至少十五六辆,可见竞争激烈,父亲并不容易。

我心生好奇,父亲是怎么给人家拉东西的?听说,一般还要送上楼,父亲那么瘦小,他能背动吗?他在车把上挂了一个大杯子,渴了可以喝一口。饿了呢,父亲舍得在外面买个饼子吃吗?还有,没有生意时,他是怎么熬过的,也和其他的车夫那样说笑、打牌?

我开始留意。可我每次放学经过的时候,几乎就没遇见过父亲。我想:父亲是有意在这个时间段躲着我吧,他不想让我看见他卖苦力的过程。父亲是个爱面子的人,这我知道。因此我虽然好奇,却从不过问他拉板车的事情。他也从来不主动对我说,就像与我无关,只要我好好读书,其他的都可以不用过问。

有一天最后两节是体育课,体育达标后,我向老师请了假,打算早点回出租屋给父亲包顿饺子,好给他一个惊喜。

到了家具市场门口,我特意放慢了脚步。透过熙熙攘攘的人群,我找见父亲正仰脸和一个身材高大的买家在进行交涉。我藏在一辆面包车的侧面,听见那男人说:"三十,三十就装货。"父亲坚持要五十元,说这么大的一张床,还要上那么高的楼层,不好背。买家正犹豫,另一个拉板车的凑了上去,小声说:"四十元怎么样?我去。"买主指着那人说:"好吧,四十,你拉。"

父亲急了,走到买家的身边说:"走走走,四十,我来拉。"父亲正准备装货,买家却神气地用胳膊把父亲挡住了,大声说:"去去去,不用你,一点不实在。"

父亲说:"怎么不实在了,我都跟你半下午了,做生意不都讨价还价嘛。"

买家轻蔑地说:"瞎扯,你拉个板车还算做生意?一边待着去!"说着,胳膊一挥,把父亲拨了个趔趄。

眼看到手的生意飞了,父亲无限懊恼,重重地踢了一脚板车,把脚都踢疼了。他斜靠在车把上,眼睛茫然地看着涌动的人群。

我平时很少哭,眼睛却顿时湿润了。父亲为了挣钱供我读书,他低三下四地和买家讨价还价,如今生意飞了,被人嘲笑,他如果知道我看见了这一幕,必定会无地自容。那些我看不见的日子,他遭受过多少屈辱?他以为他不说我就什么都不知道。

我赶快躲了。我得给父亲面子,让他的自尊心有个安放的地方。我是他的女儿,不能给他安慰,只能是悄悄走开,在心里责怪自己的无用。

回到出租屋,我一边包饺子,一边告诉自己,等会儿父亲回来,我一定要装作什么事情也没发生的样子。而且,我一定要笑着，多给父亲讲讲学校里的事情，多说一些高兴的话题。因为，我能给父亲以安慰的，只能是这些。同时我清楚，我才上高一，父亲拉板车的日子还很长，很长。

信的末尾，这位女生对我表示了感谢，说幸亏我到他们学校去讲座，幸亏和我通信。把积压心中的故事写出来，她觉得坦然多了，不再为自己的处境而自卑羞愧。而且，她高兴地说，从今之后，她也有自己的成长笔记了。

我的第一次打工

那次讲座之后，先后有六七位男女同学和我书信交流，持续时间在一年左右。让我惊奇的是，五年之后，有位同学又给我写了一封信。说他在读大四，马上就要毕业。随信他附上了一篇文章，想让我看看。文章的标题就是，《我的第一次打工》。内容如下：

在我刚上高二，父亲干活时不慎从脚手架上摔了下来，幸亏不是很高，只是骨折而已，但发生如此变故，我的心里揪了起来。我意识到，以后很长一段时间，父亲都无法干力气活了。而母亲多病，除了种几亩田地，实在没有什么挣钱的渠道。挣不来钱，我怎么继续学业？整整三个晚上，我失眠了，不得不考虑这个严峻的问题。

思来想去，我认为自己必须得有所行动，靠自己的双手，来养活自己。这高尚的想法让我激动,热血沸腾。可天一亮,一切皆散了。我会干什么?又能干什么?我一个学生,没有成片时间,只能是用课余时间打零工。打什么工呢?有人要我吗?

我想到利用星期天做家教,也制作了小广告,张贴到周边的几个小学,可我连电话号码都没有,留的是一个同学家里的座机,好不容易有个人打过来,听说我是一名高中生,当即挂了电话。

我想,我一个农村孩子,唯一的优点就是能吃苦,干不了家教,干体力活总该行吧。我去了几家工地,人家嫌我年龄小,重要的是只有星期天,人家不好安排。

我又到火车站的货场,看有没有可搬运的零工。到货场一看,像我父亲那样的力气把式多的是,根本轮不到我。我沮丧极了,感觉自己真没用。走出校园,才发现世事如此艰难。我心灰意冷地往学校走,感觉日子是被数着过的,再过不了多少天,家里就断粮了,我该从何处寻生活费?

走到学校外的饮食一条街上,我饥肠辘辘,想吃碗面条,却舍不得花钱。猛然之间,我灵光一闪:我可以给老板洗碗洗盘子呀,即便挣不到钱,挣回一碗面也行吧。我鼓足勇气,对老板说了我的意思,脸涨得通红。老板知道我是学生,兴许是出于同情吧,欣然答应了,说只要我洗够一百个碗,就能免费得到一碗面。

这次成功的尝试给了我莫大的鼓舞。第二天,我去生意更好的几家饭馆推销自己。一般来说,中午十二点到下午一点半这个时段吃饭的人最多,我们也刚好放学,我可以利用这个时间打工。当时碗膜还没有普及,每个饭馆都有专职的洗碗工,尤其中午这个高峰期,更是忙得不亦乐乎。我不知道行情是什么,我的要求很低,只希望能管我一顿饭,至于能给多少工钱,我不抱希望。

我当时的样子肯定是可怜兮兮的。一家饭馆拒绝我,我又进了另一家饭馆。我觉得自己就是一只小船,荡来荡去却找不到一个停靠的点。

让我无法理解的是,上次接纳了我的那位老板也拒绝了我,我很失望,不清楚他的顾虑是什么。

我几乎都不抱希望了,就像故意要作践自己似的,命令自己必须把这条街走完,把该做的努力做完,也就死心塌地了。

我走进一家面馆,机械地、结结巴巴地向一个短发的女老板表白起来,我说:在十二点到一点半的时间段里,吃饭的人最多,我可以洗碗端饭打杂,报酬是管一顿饭,再给一块钱,我会利用空隙时间吃饭,绝不耽搁生意……

女老板个子不高,身体发胖,她正在揉面,动作娴熟。她笑眯眯地看看我,不说话。我以为她在敷衍我,我正考虑要不要撤退时,她猛地把手里的面往案板上一扔,竟爽快地答应了。我几乎不敢相信,慌张失措,喉咙发硬,欣喜交加。我敢说,那是我最有成就感的一刻。我终于把自己兜售了出去,虽然只有一碗饭、一块钱,但这足够证明我是有用的,是可以挣到钱的。

接下来的日子,我的脚底像是装了弹簧,一下课就要往饭馆跑,快上课又往学校赶。有免费的饭可以吃,有一块钱的收入在那等着,我干劲十足,手脚勤快,嘴虽笨点,但态度还是蛮诚恳的,处处替老板着想。甚至,我的免费的午餐,我要求老板不必破费,就把顾客不要推掉的面给我煮一下就行了。老板看我实诚,也就有了长期用我的打算。

中午这顿免费的午餐,我会尽量吃饱,早晚吃个馒头,这每天的一块钱,几乎就是纯收入。我仔细算了一笔账,一个月可以挣到二十多元钱,日常的花销足够了,完全不必再问家里要钱了。

这份洗碗的工作我干了一年半。起初遇到来吃饭的同学心里紧张,表情不自然,但逐渐被同学们知道后,反而轻松了。毕竟,自食其力不是什么丢人的事。相反,许多同学佩服我,老师也夸我懂事,还给我申请了助学金。

临近高考,学习越来越紧张。权衡之下,为了考出好成绩,考个更好的大学,我辞掉了那份来之不易的工作。说实话,我不舍得,但我更清楚,在这个时间段,最重要的是什么。既然我是家里的希望,我就要让希望充分燃烧。

他这篇文章有血有肉,感情真挚,我读后很是欣赏。

我问他,为什么现在才想到写这样一篇文章,之前就没有想过吗?

他说,不可能不想。但也就想想而已,从没想过要把这件事仔细写出来。

我说,那怎么又写出来了呢?

他说,是这样的,因为临毕业了,要找工作,他想自主创业,参加了一个创业计划大赛,专业考量之外,导师还布置了一个额外的作业,那就是写一篇命题作文《我的第一次打工》。在写这段往事的时候,他也同时想起了我,因此才想到要寄给我看看,也算是帮他审一下吧。

我说,写出来之后,感觉怎样?

他说,感觉很好,很奇妙。你也许不信,那家我打工的面馆,那个女老板的名字我一直记不起来,但在写这篇文章的时候,我想起来了,她叫巧云。你说怪不怪,我也不知道怎么就想起来了。

我本想说,这就是文学神奇的地方吧。但我最终说的是,缘

分。他和巧云,和我,我们的人生能够交叉,能够走进同一个文本,这本身就是一种机缘,而不是什么谁都能和谁在一起的巧合。

生长的故事

这是一个离异家庭的女孩,告诉我的故事。

她是城市女孩,家庭条件不错。可正如她所说,条件好有什么用?条件好也有烦恼,成长总是有代价的。

这个聪慧的女孩,性格豪爽,但其实又蛮自闭的,我能感觉到,她有许多秘密没有告诉我,这是一个敏感的少女对自己必要的保护,我能理解,也从不追问。她在信中讲得断断续续。我竭力做一个倾听者,抛开猎奇心理,不为故事的完整去暗示、渲染、误导、甚至是压榨她,我在对她的回信中不提任何建议。因为我发现没有人能大言不惭地以"生活导师"自居,我没有能力介入她的生活,只好安静地祝福她,以一个隐身人的身份,陪着她成长。

为了方便把这个故事讲出来,我以揣摩的心情,并沿着她大大咧咧的性格,写成了如下文字:

那年我12岁,他13岁,被我们的父母硬生生地放置在了同一片屋檐下。我们没有任何血缘关系。我妈是他的后母,他爸是我的继父。我们谁也不理谁,尽量把对方想象成是一截木头。

木头总是挡路的。有时,不得不说时,我会叫他"姜疙瘩",

因为他姓姜，个头还没我高。而他会毫不客气地回敬我"菜包子"，因为我姓蔡。

"姜疙瘩"喜欢踢足球，他的业余时间几乎都在球场上跑。我气不过的是他每次踢完球回到家的那身汗味。尤其是他乱扔臭袜子的毛病，我抗议过多少回了，他依然我行我素。我见一双，就往垃圾袋里扔一双。有一次，他找不到袜子穿了，竟然偷拿了我的一双。我以不吃饭来示威。姜叔叔就掐住他的脖子，让他立即脱下来并马上给我洗干净。结果第二天早上，我写好的作业本不见了，我大闹特哭。他美美地吃了他爸两巴掌。

这样的交锋不知发生了多少回。我们都有些情不自禁，想置对方于尴尬的境地。父母也拿我们没办法。因为他们不过是我们彼此的叔叔阿姨，他们所能做到的便是小心翼翼地想尽各种办法来息事宁人，使这个拼凑起来的家庭尽量保持平衡。

姜叔叔曾多次和蔼可亲地说：你们现在是兄妹，要相互帮助，爱护对方，懂吗？

我们都低下头，很懂的样子。姜叔叔一走，竟同时笑了，笑得稀里哗啦。兄妹！我们是兄妹吗？不是。我们承受不起。也不打算掺和在一起。如果非要我承认，我会毫不犹豫地说：不要相信哥，哥只是个传说。

我们的交战除了对贫乏的爱的渴求外，更多的是日常的摩擦，比如对食物与空间的掠夺。客厅只有一个，厕所也只有一个，他霸占了电视机，我就急眼；我抢先一步，他则坐卧不宁，哪里有什么谦让和宽容，有的只是硝烟。在这样一个拼凑的家庭里，我们都有点玩世不恭，不相信人与人之间会有真情。

为我们之间的战争，他爸和我妈没少伤脑筋。后来都不抱怨了,承认这是一个组合家庭必然所面临的矛盾。而矛盾的根源,又直溯原来各自家庭的罪孽,使他们对我们的教训也不能做到理直气壮。更多的是忍气吞声。

渐渐地,我们不再当着大人的面发生冲突。我们的叛逆也在成长。

我们可以不容忍对方,可总得顾忌一下自己亲爹亲妈的心情呀。看着他们小心翼翼的样子,有时候我坚硬的心也会柔软下来,承认他们确实不过是夹板里的老鼠。

我们开始热衷于玩那种桌底下的游戏。一方面可以锻炼智商,一方面好以此来排解随着年龄的增长而越来越浓的孤单。

在我十五岁生日的那天,"姜疙瘩"主动为我买了一个蛋糕,全家都很高兴。姜叔叔极力夸奖了他。当蛋糕切开,才发现里面裹着蜜糕。我讨厌一切甜食,这点"姜疙瘩"不会不知道。他明显是故意的,还肉麻地喊我一声妹妹,给我盘子里放了大大的一块。我尽量保持微笑,吃光了。他对我的"好",我自然是要报答的。第二天早上,我主动出去买早餐,在他的豆腐脑里,我埋进了满满一勺芥末。看着他从餐桌上弹起来,翻江倒海地冲向卫生间,我的心里乐开了九十九朵花。我就是要他知道,姑奶奶不是那么好惹的,哥哥也不是那么好当的。结果,他的喉咙肿了半个月,声音都变了。他对我恨得牙痒痒,我对他的恨不屑一顾。

就这样,我们在彼此的折磨里又度过了一年。"姜疙瘩"十六岁那年,姜叔叔考虑到他学习不怎么样,把他转到了一所足球很强的高中,准备走体育特长生的道路。新学校在郊区,离家远,须住校,每个周末回来一次。"姜疙瘩"一走,屋子变得空荡荡的,我既兴奋又失落。没有了对手,单调的生活让人感到疲惫。

"姜疙瘩"周末回来,家里都要改善生活。然而,也不过是同桌吃一顿饭,并没有什么特别要说的话。我发现,住校后的"姜疙瘩",没有以前那么爱说爱笑了。他除了吃饭,被迫地回答一些问题,几乎不怎么说起学校里的事情。

也就是在那段时间里,我和一个男生发生了纠葛。那男孩比我高一级,是"姜疙瘩"原来的同班同学,因为和我家住一个方位,我们天天乘同一路公交车,时间长了,少不了说几句话。在某些同学看来,却成了不得了的事情。我们谈恋爱的事,很快被同学们传开了,一度闹得沸沸扬扬,让我很是苦恼。

这件事情,我不知道"姜疙瘩"是怎么知道的。一个周末,他在我的一本书里夹了一张卡片。我打开一看,上面写的是:有事告诉哥,哥是你的靠山。

我觉得好笑。我有事没事关他什么?让他来教训我?我当即扔掉。又捡起来,把那个多事的"哥"剪下来,从门缝里塞进了他的房间。总之,我不稀罕他假惺惺的关心。我认为"姜疙瘩"是在看我的笑话。从此之后,我对他更是爱理不理。

后来,我们都顺利考上了大学,天各一方,偶尔通个电话。

在我大学期间,母亲突然病倒,住进了医院,为了不影响我的学业,母亲瞒着我,"姜疙瘩"一直在医院里照料她。等后来我知道,赶回老家医院,我以为"姜疙瘩"要抱怨的,没想到他眨巴着疲惫的眼睛对我说:有哥在,你放心好了……

也就是在那一刻,失魂落魄的我有了那么一点感动。

岁月就是这样奇怪,出其不意地把两个不相干的人安排到了同一片屋檐下。我原以为,我们之间是不会有手足之情的。然而我错了。在两根木头的恩恩怨怨的打打闹闹里,终究还是生出了关爱的绿叶。

现在想来，哥又何尝不是上天赐予我的礼物。哥姓姜，我姓蔡。哥不是亲哥，爱却是真爱。哥，不是传说。

我把这个故事写好，寄给那个女孩。她看后很是吃惊。她说我篡改了时间，前半部基本真实，但后面的故事还没发生呀！你凭什么要这样写？虽然她读后很感动，觉得很温暖，但她对自己的故事依然没有把握。

我说，这就是小说神奇的地方。为什么一定要等故事结束再写呢？人生有完整的故事吗？为什么不能在故事进行的途中，从前面的脉络和气息里，走出一个合理的结局呢。

她对我的观点表示了认同，并坦言她从我的文字里已意识到了一些东西，在未来的日子里，她会珍惜自己的。

有意思的是，十多年后，这个女孩成了我的同事。虽然我们不在同一个部门，甚至不在同一个城市，但我们隶属同一个总公司。谋面之后难免闲谈。她非常激动地给她办公室的同事们讲，我是个了不起的人，用一个虚构的结局，竟然真实地影响了她的人生。

我说，此话怎讲？你可高看我了，我不过是个小文人而已。

她愉快地说，借你那篇小说的吉言，我和我哥后来的关系还真挺好的，虽然不是你写的那个版本，但大致雷同，我们最终还是在岁月的长河里和解了。我们有各自的家庭，在不同城市生活，平时也很少往来，但心里真的很踏实，有什么事会在电话里讨论，过年过节和父母聚在一起……前前后后想想，这实在是奇妙呀！

看她笑得这样开心，我反倒难为情了。因为我当初写那个故事的时候，压根就没想这么多，不过是出于关心，通过文字让她看看自己的照影而已,晃晃悠悠之中,还真对她的成长构成了影响。

万物生长,人和动物一样,是被世界改变的,还是被自己改变的,谁又能说得清楚呢。所谓的神秘,不过是现实和虚拟模糊在一起,激荡在一起,跳出了我们依赖的逻辑,以穿越的方式,花朵般绽放了它生长的奇迹。这个故事虽然平淡,但对这个女孩来说,的确是奇妙。因为我从她的脸上,看见了幸福。

鲸鱼的呼吸

他的小名叫阿宝。老家在陕南山区的一个小镇上。他的父亲是个瘸子,他的母亲是个哑巴,家庭的困难和生活的屈辱可想而知。然而幸好苍天有眼,他身体的各个器官都发育良好。他可真是家里的宝贝呀,也是唯一的希望。因此他格外珍惜,学习刻苦,年年都是三好学生。有那么几次,学校选他去县城参加数学竞赛,结果他照样领先,把那些城里孩子都PK掉了。小小年纪的他很快就成了四乡八邻的谈资,都说石崖村瘸子哑巴的儿子不得了,将来长大了一定是个人物。

对于这样的夸奖,他总是莫名地兴奋,然后红着脸飞快地跑向学校。

不出所料,初中毕业,他的成绩全县第一。在当时,只有拔尖生才有资格上中专,这是农村家庭普遍的选择,何况对于他那样的家庭,上中专可以尽早成为"公家"人,早上班挣钱为家里减轻

负担。他兴高采烈地,同时又是稀里糊涂地读了一所煤炭学校,而且学的是锅炉专业。四年后,他分回老家位于深山沟里的一个军工厂烧锅炉,专业绝对对口,然而所学的知识几乎无用。因为老工人们没学过一天,照样把锅炉烧得滚热发烫。

  那是个二十世纪六十年代建的三线企业,由于产品单一,交通闭塞,厂子一直处于半死不活的状态。厂区里到处是半人高的蒿草,闲暇时,有工友就提着猎枪打野兔,尤其是晚上,那"砰砰"的枪声听来很是惊心。一天傍晚,他正在烟雾缭绕的锅炉旁值班,几声枪响过后,一只哀鸣的大雁从半露天的厂房上坠落下来。看着垂死的大雁,他的心中蓦地升起一股无法遏制的悲哀。为大雁吗?他不由地问自己,自己的前途究竟在哪里?自己在这蒿草丛里还要烧多少年的锅炉?此时此刻,他想起了儿时乡亲们对他的夸奖:"石崖村瘸子哑巴的儿子不得了,将来长大了一定是个人物!"这句话就像子弹一样击中了他的大脑,让他羞愧难当,彻夜未眠。

  一番心灵的挣扎和折磨之后,他幡然醒悟,不能再坐以待毙了,自己的人生必须握在自己的手里。无论如何,他得有所行动。于是他报名参加了自学考试,学的是会计专业。那时候,自学考试几乎没有什么参考资料,教材有时还要从省城邮购。而且,他所在的县城当时未设考点,他每回考试都得坐长途车去市里,还得在哪住一夜。他一月的工资也就七十多块钱,除了给家里定期寄去一多半,除了生活学习,他几乎没有任何消遣,基本上还持续着以前穷学生的清苦日子。

  好在他自小苦惯了,也就不觉得苦了。一切都从头开始。他只用了三年的时间,就考过了那个专业的所有课程。然而,当他拿到毕业证,却发现并没有可用的地方。按理说,厂里有会计部门的,并且大部分会计都是半路出身,根本不具有从业资格,可他找了很多领导,都被拒绝了。在国营老厂里,会计职位是很紧俏的,所安排的基本上都是领导的亲戚或子女。不得已,他向领导请求,他继续烧锅炉,闲暇时允许他去会计科帮忙就是了。他想得到的其实只是实践的机会,可就是这样的请求,也被领导拒绝了,而且很快成了厂里的一个笑话。

　　对于如此晦暗的现实,他思索了半个月。走,还是不走?最终,他决定留下来,一方面加紧考注册会计师;一方面,尽快先找到一个应用的机会。经过多方打听,他了解到在离他们厂二十里外的另一个小县城里有一家外资的方便面分厂。在他诚恳的请求下,那家方便面厂的会计部门最终答应了他可以低薪兼职,但条件是,每月得推销出去 1000 袋方便面。那时候的方便面不像现在这样好卖,而且他的兴趣也不在卖方便面上,于是,他以倒贴运费的方式,全部转发给了县里的一家杂货铺。

　　一段时间过后,那家方便面厂对他的能力和学识有了充分的认识,主动要求他过去。五年之后,他顺利拿到了注册会计师的资格,成为他们那个市取得注册会计师的第一人。第二年,他被调到了广州总部,并很快被任命为那家知名企业的财务总监,偶然还能看见他在电视里出席一些高峰论坛。顷刻之间,他成了家乡的名人,再一次成为四乡八邻街头巷尾热议的对象。他们都说:"石崖村瘸子哑巴的儿子果然了不得,一个锅炉工,摇身一变成了南方大企业的头头脑脑,这简直是不可思议!"

　　是的,这个世界上总是有许多不可思议的事情。任何成功者的光晕里都有着大片你看不见的黑暗,那是属于成功者自己的秘密。奋斗如蚯蚓,总是在土壤里蜿蜒爬行,任何坚持都有着高贵的品质。命运把他安排成了一个锅炉工,他没有认命,憋足了劲,转了一个很大的弯,最终从另一片水域冒了出来。

我之所以如此感慨,是因为阿宝是我的中专同学。上学时我们了解不多,毕业后又天各一方。多年后相聚,我才知道了他的情况。唏嘘感叹之余,我由衷地为他骄傲,并嬉称他为鲸鱼,为父母和同学们争足了光。

他笑着说,这没有什么。鲸鱼的呼吸虽然很壮观,但首先是自身的需求,是为了潜得更深,游得更远。一条鱼的呼吸,表面看是为了生存,但又何尝不是为了自由。一条鱼只有游动起来,空间才会打开,一切才有可能。

每一次想到父母的残疾,他都意识到不能自甘堕落,要把上苍赐予的器官发挥到极致。他没有发达的四肢,只好从头脑方面来武装自己。他的初衷很简单,就是要把父母失去的东西夺回来,路途再曲折漫长,他也要游到大海。

看得出来,他也被自己的故事感动了。我们都不说话,看着大街上熙熙攘攘的人流。

旅途上没有完美的座位

那年我十八岁,没有考上理想的大学,心情烦闷,独自一人去西安旅游。

我是最先上车的,车上的人不算很多,我估计应该能找到干净的座位,最好是靠窗的位置,可以悠然地欣赏秦岭的美景。于是我毅然放弃了身边的几个空位,向前面的车厢走去。我是个追求完美的女孩。我相信这会是一次愉快的旅行。

然而一连走过几个车厢,理想的座位却并未出现,并且我发现,人似乎越来越多了。我调转头,向后面的车厢走去。火车正在爬山,越来越摇晃。我打算退而求其次,先找个位置坐下再说。很快,我又回到了我上车时的三号车厢,先前那些被我挑肥拣瘦的空位如今都已有了归宿。我有些失望,确切地说是追悔莫及。

后我上车的几个农民舒适地坐着一边嚼着干馍一边说话,还不解地看着我,目光里有善意的好奇和同情,对我却是莫大的讽刺。

是啊,我怎么会沦落到如此地步!虽然我也知道,站着也没什么,我又没行李。然而人的心理是很奇妙的,当所有的人都坐着,而你站着,并且你其实也完全可以拥有坐着的权利,你感觉到的就不仅仅是多余,而是有一点点说不出的耻辱。

我不想在"认识的人"面前丢人现眼,只好在车厢结合部的过道落脚。不断有卖报卖饭的,上厕所打水的从我的身边蹭来蹭去,虽然他们都极其礼貌和小心,可我还是觉得自己碍事,有些多余。

忽然,我发现车门处有个家伙去了厕所,便一个箭步跨过去,抢占了那块风水宝地。为此,我有些激动和庆幸。是我,而不是别人,抓住了这稍纵即逝难得的机遇。

我的心情开始好点,望着门外,准备享受旅途的快乐。可那些疾驰的景物,让我有些头晕眼花。我只是觉得,旅途很长,得不断变幻姿势,以缓解腰腿的疲劳。

其间几次停车,好像是下车的多,上车的少,我不敢肯定。有了上一次的经验,我不敢贸然离开。万一找不到座位,我就没座位。而这仅有的地盘,也会被别人迅速占领。

我想,就这样将就着吧,反正是无关紧要的旅途,又不是人生。

突然,有人在我肩上轻拍了一下,是那几个农民中的一个。他疑惑地看着我,手指指向车厢。我这才发现,周围站着的人,已不知什么时候消失得无影无踪。

我充满感激地向这位农民大哥笑笑,奔进了车厢。这一次,我不再挑肥拣瘦,扑通一声就坐在了邂逅的第一个空位上。

然而,我刚刚坐稳,还没来得及享受一下拥有座位的舒适和幸福,播音员那甜美的声音便响起了:"各位旅客,终点站到了,欢迎乘坐本次列车,再见。"我站起来,无奈地笑了。

这件滑稽的经历,使我意识到自己的挑剔是多么不值一提。或许青春就是一辆轰轰烈烈的火车,每个人都渴望拥有一个舒适的座位,以期抵达美好的未来。然而现实如同铁轨,总是被压着前行的。旅途上没有完美的座位,人生没有注定的大学,唯一的真谛在于把握!

就一张车票

我上中专那阵,同学们热衷认乡党。异地求学,年少无知,抱团取暖,好歹有个依靠。

在我的乡党里,有个叫郭志杰的,不但和我同县,而且同乡。郭志杰比我高一届,他学的是电气专业,我学的是热加工专业,因为宿舍离得远,平时很少碰面。然而每次放假前,我们的走动就会频繁起来。那时运力紧张,火车票特别难买,我们学校在咸阳,要想回家有把握,一般都去始发站西安买票坐车。他高我一届,阅历自然比我广,因此通常都是他带着我,我们结伴而行。

二年级快放寒假时,天降大雪,秦岭里的铁道(那时隧道还很少)总出问题。老早,我们就谋划着回家的事,可到头了,火车票还是没着落。有同学说,西安火车站也买不到票,只能等了。

我问郭志杰,怎么办?这样等着也不是长法。

郭志杰咬咬牙,说,走,到西安再说,火车走不了,看汽车行不行。

我们提着大包小包,辗转到西安火车站。得到的答复是,两天以后再有票。我们懵了,不知如何是好。迟疑着要不要去汽车站看看。火车票如此紧张,汽车票肯定也不好买,秦岭山里路况极差,又连下大雪,长途汽车班次肯定少之又少。说实话,我们心里都不抱希望,可已经大包小包到西安了,好歹也去碰碰运气吧。

我们没有坐公交，提着行李，一路问人，才稀里糊涂地到了汽车站。如我们所预料，汽车票早卖光了，一天只有一趟，当天的车已经发走，要买明天的，只有连夜排队。

　　可候车室里排队的人已经够多了，等到明天也不一定买得上。况且，火车票凭学生证是半票，汽车票没有优惠，票是全价，要贵很多。权衡再三，郭志杰说，就在汽车站等吧，这里面还暖和一点，如果明天买不上，再去火车站排队。

　　结果我们排了一晚上的队，票还是没买上。人实在是太多了，都和我们一样执着，执着到绝望。

　　我和郭志杰商量，要不他在汽车站守着买下一天的汽车票，我去火车站看情况，两手准备。可问题是，无法沟通，当时没有手机，连公用电话都没有，要通气必须见面，这无望的车票到底在哪里？

　　我们正商量，急匆匆走来一位大哥，手里举着一张车票，说他有急事，走不了了，要退票，问谁要？

　　这天大的好事，让人不敢信，都愣愣地看着，不敢搭话。郭志杰一个箭步跨过去，把票攥到手里，然后正面反面看看，按票面价格把钱给了那位大哥。

　　那人走后，围观者议论纷纷，说肯定是假票，上当了。

　　我和郭志杰一惊，忙向票务窗口跑去，心想如果是假票，那就倒霉透顶了。

　　结果验明是真票，我俩长松了一口气。

　　可问题也严峻了下来，郭志杰有了票，意味着他马上就可以走了，留下我，怎么办？我心里"叮咚"一声，有一种穷途末路的感觉。

郭志杰看出了我的表情，他把票递给我说，就一张票，你先走吧。说着他开始帮我搬行李。因为客车已经发动，马上就要开了。我吞吞吐吐地拒绝，心里很是过意不去，怪自己拖累了他。

郭志杰把我推上车。他看我还是不太情愿的样子，他知道我想说什么，便安慰我，谁叫咱是老乡呢，只有一张票，总有一个人走不了，我比你大，自然大的照顾小的。

我走了，他怎么办？另一张未知的车票在哪里？

我抓住他的手不放，急得都要哭了。他给司机求情，能不能再挤挤。司机说，我倒是想让你们都挤上，可能吗？站票早抢光了，你们还是下去一个吧。

郭志杰掰开我的手，跳下车，在窗口朝我挥手。

车一开动，我不争气地哭了。雪花漫卷飞舞，我有一种崩溃的感觉，就像是在生死离别。

温暖的手套

那是一个寒冷的冬天。我们一帮归心似箭的同学，排了一晚上的队，才坐上了西安开往汉中的火车。那些年运力紧张，线路有限，车厢里塞得满满的，走动都困难，是名副其实的"沙丁鱼罐头"。好在我们是从始发站上车的，有几个座位可以轮换着坐。路途漫长，青春飞扬！一路上，我们这些"天之骄子"都在热烈地聊天、打牌，畅所欲言地谈论外面世界的精彩和愈来愈近的家的

温暖……

　　车过宝鸡后,进入莽莽秦岭,窗外飘着雪花,眼前白茫茫一片。气温骤降,一些人开始加衣保暖,或是埋头睡觉。车窗都关得严严的,生怕透进来一丝冷风。

　　我们继续嬉笑,轻松地玩牌。正玩得高兴,过道里一位中年男子喊了起来:"开窗,开窗!请给开一下窗!"

　　男人其貌不扬,头发有点乱,估计是个外出务工人员。他叫得如此急切,我们停止喧闹,这才发现,男子身边的女人表情难受,头歪着,要呕吐的样子。估计,是他的妻子吧。可是,男人说了半天,周围靠窗户的人都假装视而不见,无动于衷。我清楚,大家之所以不愿意开窗,是受不了那呼啸灌进的刺骨的寒风吧。那些年还没有空调车,车窗可以随时打开。

　　看人们无动于衷,男人挤到我们这边的窗户,俯身去开。只是,由于距离远,一时没推开。情急之下,他褪下一只手套,继续用力。

　　窗开了,刺骨的冷风呼啸而入。

　　我们一副龇牙咧嘴的表情,却也不好说什么。女人挤了半天才凑过来,大口大口地喘息,然而并没有呕吐。估计是闷得慌。这时,男人出于愧意,对我们小声解释道:"她怀孕了。"

　　当时我们十七八岁的样子,虽然单纯,不解世事,但好歹知道怀孕是一件神圣又痛苦的事情。听男人这么一说,我们礼貌性地让座。男人却推辞起来,说透透气就好了,没关系。正说着,男人猛地一声尖叫:"哎呀,我的手套!我的手套丢了!"

　　其实我们都看见了,男人在打开窗户的那一霎,他褪下来的那只手套由于没抓好便鸟一样飞出了窗外,只不过由于着急,他自己没发现而已。那是一只口上有毛毛的棕色的皮手套,在当时,应该很贵吧,否则,男人也不会如此惊叫。

我们告诉他之后,男人的脸羞愧地红了。

然而接下来,让人万万想不到的是,他愣神看着窗外迟疑了一下,快速褪下手上的另一只手套,抛向了窗外。

我们不解地看着他。以为他是在向自己发脾气。不就是一只手套嘛,丢都丢了,至于吗!

女人也责怪男人:"好好的手套,你扔干吗?"

男人搓搓脸,小声说:"一只已经丢了,留下这只也没多大用处,不如干脆一块丢了,让捡到的人可以得到一双手套。"

男人的话,让我大为吃惊!我们几个同学再也坐不住了,坚决为他们让座,并许诺可以随时开窗。

……

许多年过去了,铁路线路已改道,绿皮火车也已被淘汰。但每到寒假春运,我就会情不自禁地想起那个男人,想起他丢了的那两只手套。最终会被山里的哪个人捡了呢?有没有能够幸运成双?

这个美妙的疑问,一直藏在我的心里,每一次想起,心里都暖暖的。不知为什么,我的脑海里总是固执地浮现出,一个山区孩子捡到手套时惊喜的笑脸。

我想,这也是一种温暖的传递吧。

分火柴

这已经是三十多年前的事了。想起来,那个时候真是穷。我们几个同村的青年去修宝成铁路,干的是力气活,喝的是稀粥,好在一月还有八块钱的工钱,可以节省下一点点,补贴家用。当时一天的伙食也就一毛钱:一分钱的稀饭,二分钱的馒头,五分钱可以买两个肉包子呢。

可我们舍不得吃包子,因为我们知道家里人连馒头都吃不上。长时间的稀饭、馒头夹咸菜,几乎每个人都是一脸的菜色,好在精神头还足。

一天,邻村的青年张大春过来说,明天就是八月十五,他们准备下午收工后煮汤圆,问我们要不要入伙?张大春分析,煮汤圆不需要油盐酱醋,门房的老张有煤油炉,工地上有的是煤油,全部费用也就买糯米粉和红糖的钱,花不了多少,一人一毛准吃得又饱又美,汤也可以喝得精光,一点都不浪费。看我们深思熟虑的样子,张大春大着嗓门说:"咱吃不起月饼,还吃不起汤圆?好坏也是个节,咱们得犒劳犒劳自己。"我们只好同意。

两个村的青年伙在一起是九个人,一人出一毛,共九毛钱,六毛钱的糯米粉,二角八分的红糖,一共花去八角八分,还剩二分钱。

汤圆包好,急着下锅,煮好分好,每个人都是狼吞虎咽。吃完喝光后,工棚里突然安静下来,你望望我,我看看你,嘴上不说,心里都在盘算,剩下的二分钱,如何处理呢?总不能让张大春私吞了。

我们村的李青山"咣咣"地敲了几下碗,头摇得拨浪鼓似的:"唉,这事确实难办,二分钱怎么分得过来?早知道多买二分钱的糯米粉,不就没事了?"

"谁知道呢?"张大春有些不高兴,抱怨自己吃力不讨好。他们村的几个便建议让张大春先保管,说不定啥时还聚会呢。看我们不出声,张大春说:"这样吧,去买盒火柴分了,我也懒得保管。"

这个主意不错,大家一致同意。二分钱刚好买盒火柴,100除以9,每人11根,剩1根,给张大春就是了,算是他的跑腿钱。

这一次,张大春死活不去了,李青山不爱吵吗?让他去买火柴。

去就去,李青山头一拧,出去了。很快,火柴买回来,李青山便兴致勃勃地着手分,发扑克牌似的,一人一堆,依次放置。最后一轮下来,本要剩一根的,却差了一根。就是说,总共只有98根。大家开始吵了:有的说要去找卖火柴的,准是他贪污了两根;有的说肯定是出厂时就少装了,找也是白找。

李青山不吱声,脸憋得通红,后悔刚才不该去买火柴,现在出了这样的问题,自己有口难辩。气氛一下尴尬了起来。

我们村的陈中军这时站了出来,他打破沉默,豪迈地说:"得了得了,不就是一根火柴嘛,吃不了亏,成不了人,我少拿一根就是了。"

众人向他投去尊敬的目光,开始往衣兜里装火柴。陈中军一把抓住火柴盒,不好意思地说:"这个空火柴盒嘛,我拿了。"

谁都知道,那年月,火柴用得勤,火柴盒用一段时间,就皮了,不好擦火了。这个陈中军真是老某深算。张大春嚷道:"陈中军,你又不抽烟,你要火柴盒干什么?"陈中军理直气壮地说:"给我娘擦火烧柴煮饭呢。"

众人哈哈大笑,说陈中军的心还挺细的,将来讨个媳妇,绝对是过日子的好把式。

赢馒头

我们去宝成铁路上修铁路,第二年,条件有所改善,每天的伙食是白菜萝卜汤,外加八个白白胖胖的馒头。这样的伙食对我们这帮穷小子已很是知足,又岂敢同人家正式职工比。尤其是这又白又软的馒头,村里是见不到的,因此吃起来就觉得格外香。对于干力气活的小伙子们来说,八个馒头也就刚刚够,可我们还是舍不得吃完,尽量多喝免费的菜汤,攒下几个白馒头藏在包里,周末时捎回去好让家里人也尝个味道。

在我们当中,矮个子王小虎是最会攒的。我们一般一天省一个,而他却可以省下两个。时间一长,我们就有些嫉妒,说,这个王小虎呀,可真扛得住肚皮!省吃俭用的,是不是攒够了馒头娶媳妇呀?

王小虎生着一张娃娃脸,虽然看上去不显大,可实际年龄已经二十八岁了,因为家里穷,个子矮,至今也没讨到媳妇,成了大伙的一个话题。闲聊时,大家便你一言我一语地忍不住要开王小虎的玩笑,比如他怎么怎么把栽好的甘蔗藏在棉袄里讨好邻村姑娘吕青叶,结果又怎样怎样被人家用甘蔗打了个满头包……

大伙如此热衷地损王小虎,一反面显然是因为工余时间太无聊;另一方面,兴许潜意识里想证明自己好赖还比王小虎强那么一点点吧。因为从那些体面的正式职工轻蔑的眼神里,我们不断地看到了自己的弱,自己的穷,自己的小。"小"难受了,自然就要找出一个更小的人来寻开心。王小虎被人埋汰惯了,倒也看不出有什么难为情,他蹲在一旁,不反驳,也不接话茬,只是双手捧着那个从家里带来的破绿搪瓷碗,大口大口地喝菜汤。

有天早上起来,突然下起了大雨,出不了工,工头只好给我们放了假。我们好高兴,几个村的青年聚在一起打扑克。玩着玩着,不知是谁提议,也像那帮正式职工一样玩点带彩的,可大家兜里都没有几毛钱,谁也不接话。后来,邻村的郭金贵提议:赢馒头。反正每个人的帆布包里都有几个,输了也没关系,以后再勒紧肚皮呗。大家都知道,王小虎的存货最多,便嚷嚷着让他上。谁知王小虎一点也不给大家面子,谎称上厕所躲了起来。后来,我们村的几个输得不行了,派人去找王小虎来救驾,却死活找不到。我自认为和王小虎的关系还不错,便直接去王小虎的帆布包里翻馒头,竟然是空的!大家都骂,这个老抠王小虎,肯定是转移了。等他回来了再收拾他!

一直到天黑,王小虎回来了,浑身湿淋淋的,然而人很高兴。我们心想,这老抠必定是怕我们打他的主意,冒雨偷偷把馒头给他老娘拿回家了。可转念又一想,工地到我们村少说也有三十多

里路,难道他飞回去不成?我们不甘心,问他,馒头呢?王小虎说,吃了。我们不信,要搜床。王小虎也不拦,任我们搜。结果还是一无所获。

睡到半夜,我起来上厕所,发现王小虎在辗转反侧,像是有什么心事。我凑上去,悄悄问他,馒头呢?是不是拿回家了?王小虎一个劲摇头,拉我钻进他被窝,才有些兴奋地说出了实情。原来,王小虎和铁路沿线牛家桥村的一个姑娘好上了。那姑娘我见过,人长得漂亮,足足比王小虎高出半头,只是听说家里条件非常不好,有一个瘸腿的老爹和一个呆傻的哥哥。

第二天出工的路上,大家又开始挖苦王小虎,埋汰他的老抠和不义气。王小虎少有地乐呵呵地笑着,还歪着头,葵花一样,很诚恳很虚心地听着。待大伙说得无趣了,王小虎才半是得意地走到队伍的前方,半是害羞地说出那些馒头的去向。

王小虎说,起初那姑娘并没有看上他,他也没把握,可他就是想帮她,于是一次次给她送馒头,给她家干活。时间一长,嘿,还真赢得了姑娘的芳心。

大伙听后,都不说话,心里五味杂陈。平日里被我们嘲笑的王小虎,娶不到媳妇的王小虎,却不声不响地用馒头赢回了一个如花似玉的姑娘。我们嫉妒得很,要王小虎请客。王小虎笑嘻嘻地说,请,一定请,结婚时一定请。

这个老抠!我们对王小虎又是一阵猛烈的攻击。

笑够闹够,王小虎突然严肃下来,对我们拱手作揖。

王小虎说,你们不经常取笑我,攒够了馒头娶媳妇吗?谢谢你们吉言,为我仙人指路,让我梦想成真!

说着,王小虎忍不住笑了,眼睛里有了泪花。

青春的水果

春节回老家,在县城的街道上遇到了马可,还有他形影不离的"菠萝"。随即我们在一家餐馆里坐下来,一阵闲聊,感慨万千。

屈指算来,我和马可已有十多年没见面了。那时我们都是本地国营烟厂的青工,刚刚二十出头,血气方刚,豪情万丈。除了我和马可,同宿舍的还有高大帅气的孟飞,古灵精怪的李峰。马可不好意思地向我汇报,如今孟飞开了一家公司,李峰在批发市场做生意,只有他一个人没有改变,依然守着兔窝。我赶紧给马可倒上一杯酒,以打消他的自卑心理。毕竟,各人有各人的生活,所谓的金钱与事业,并不能成为衡量幸福的标准。表面上风光的我,没理由给马可带来压力。马可身边的"菠萝",似乎也不愿意看到老公垂头丧气的样子,她猛地一把搂住马可的胳膊,大声说:"怎么没有改观,我们的儿子都快九岁,上小学三年级了。"

马可笑:"这算什么改观,谁家没有孩子?谁家的孩子大了不上学?"

"可咱们的孩子学习好呀!孟飞的孩子耳朵有问题,李峰的孩子经常逃学,那个淘呀!"

马可斜了"菠萝"一眼,意思是不要揭人家的短了。我端起酒杯敬"菠萝",笑着说:"你还是像从前那么开朗!"

"可不是,穷人就要懂得穷开心呗!""菠萝"机智地接过我的话,嘎嘎地笑。我问,"香蕉"好吗?"菠萝"意味深长地看看我,用手捂着嘴轻声地说:"离了"。

　　"香蕉"是我们烟厂的美女,曾是我的初恋情人,后来和孟飞谈起了恋爱,再后来,不知怎么突然之间就和厂长的侄子好上了。一气之下,孟飞辞了职,而我,为了所谓的梦想,去了南方,开始了漂泊的打工生活。

　　整个谈话期间,"菠萝"一直在笑,脸上没有任何阴影,喜气洋洋,万里无云。我仔细端详着"菠萝"的脸:胖胖的,白白的,还透着粉粉的红。尤其精彩的是她的大嘴,鼓鼓的,一点也不害羞、遮掩,因此就很舒展、生动,绘声绘色地引领着其他的五官,变幻丰富的表情。看得出来,他们的婚姻很幸福,小日子过得有滋有味。我在心里由衷地羡慕他们。想当初,因为胖,因为矮,因为头脑简单,我们叫她"菠萝",还因此而多次嘲笑马可。谁想到,这样的女人,却是过日子的一把好手,给马可的生活带来了和煦的阳光。

　　谈兴正浓,"菠萝"瞄一眼手机,腾地站起来,说儿子快下课了。我说,这大过年的,上什么课?"菠萝"搓着手说,儿子在老师家里学钢琴哩,这不,我们在街上闲逛,等孩子。

　　好家伙,这两口子的儿子还会弹钢琴。我问,学多长时间了?"菠萝"颇自豪地说:"三年了。反正我们再苦也要把儿子供出来。再说了孩子也争气,年年是三好学生,琴也弹得不错,年前,在县文艺演出中还获了个二等奖呢……"

　　看得出,"菠萝"很为他们的儿子自豪,她毫不掩饰,就像是一个领导。而一直站在她旁边的马可,表情木讷,不善言语,显得很平静,就像一个随从。

临别之际,我掏出 200 元作为给孩子的压岁钱。马可的脸涨得通红,说,这怎么行?我说,孩子如此有出息,自然要鼓励,有什么不行?大过年的,难得见一面。马可执意不要,推挡之间,倒有了生分。最终还是"菠萝"爽快,在马可的肩膀上轻拍了一下,示意收下。我趁势数落起马可:看看,领导都发话了,再不收下就是看不起我了。

"菠萝"莞尔一笑,问我,你知道,我为何要慷慨地收你的钱吗?

不见外呗,我说,这岁月的飞刀在你"菠萝"的身上,还真没留下刻痕,依然是白白胖胖,爽爽朗朗的呀!

"菠萝"眼睛发亮,领受着我的赞美。她脚一垫,猛地搂住马可的胳膊,寻求支援似的害羞了起来。接下来,她说出了一句让我心跳难堪的话。

她说:因为我以前爱过你呀。不信?不信你问我们家马可。

这个话题来得太直截。我们都笑了起来,在笑声里道别。

街上人声鼎沸。一路上,我都在想着那些过往的岁月。想到自己现在依然是单身,不由感到一股彻骨的寒气。

我自问,我真的爱"香蕉"吗?"菠萝"真的爱我吗?如果我和她们中的某个成为夫妻,现在会是怎样?

或者说,我对我现在的生活满意吗?

时光不能倒流,一个人无法踏上几条道路,在错综复杂的选择和被选择后,我们走成了现在的样子。理智告诉我,她是马可的"菠萝",和"香蕉"一样,都已经与我无关了。

可我还是要感谢她们。她们给过我营养,她们是我青春的水果。

青春的秘密

一帮高中同学嚷嚷着要举行毕业20周年聚会。我作为班长,自然就成了联络人。赞助人是张舒雅,她目前是一家公司的财务总监,老公是一家酒店的经理。张舒雅告诉我,一切花费由她承担就是了,让我务必把所有的高中同学都召集到。另外她还交代,一定不能拉了王建伟。

她的意思,我懂。王建伟虽然没有正式毕业,但也算是我们的高中同学。

当然,这里面还有更深的意思。

我欣然领命,频繁地开始活动。王建伟,如今是个体老板,开了一家小超市,只不过不在本市,而是在周边一个偏远的小县城。我专程驱车过去,告诉他张舒雅特意点了他的名字,无论如何不能缺席。王建伟出神地望着我,似乎在思考。但很快,他爽快地答应了,说必须的,一切服从命令。并且还故作滑稽地向我敬了一个队礼。

同学聚会上的主角,自然是成功人士。但无论怎么说,同学聚会的目的是为了怀旧。即便时光把彼此的容貌和身份改变,但青春不变,大家畅所欲言,气氛很是热烈。

何谓同学?不就是彼此见证过,收藏了一段共有的记忆吗。

回忆往事,大家讨论最多的还是当年的一些囧事,比如谁喜欢谁了,谁又暗恋谁了。这其中,张舒雅和王建伟是最被人津津乐道的。因为她俩的"事",当年轰动了学校。王建伟,也就是因为那件事提前退学的。后来招工,工厂倒闭后干上了个体。

张舒雅,当年在班上并不显眼,比她漂亮的女生有的是。张舒雅来自农村,性格腼腆,不爱说话,看上去很文静。女孩子一文静,就有了几份好看,让人忍不住要生出想象。王建伟说,他当年就是因为这个才喜欢张舒雅的,而且,张舒雅学习刻苦,有一股韧劲。王建伟是工人子弟,学习一般,却能说会道。他找张舒雅说话,张舒雅老躲他。有那么一次,他就大着胆子给张舒雅写了纸条。张舒雅从来没遇到过这种事情,惊慌失措,她告诉了班主任。班主任为了警告我们,不点名就这件事在班上通报批评,说高考在即,同学们一定要抓紧,不要搞那些乱七八糟的事情。

然而几天后,张舒雅又收到了"W"的纸条,而且内容一次比一次肉麻。班主任一气之下,把王建伟的事抖了出来,报到了教务处,说自己不学不要紧,不要毁了别人的前途。

这件事很快在学校传开,王建伟作为不务正业只知谈情说爱的反面教材,被老师和同学们议论纷纷。王建伟呢,干脆破罐破摔。最终在校长的劝说下,王建伟选择了退学,毕业证照发。

酒桌之上,张舒雅坦言,她之所以特意要邀到王建伟,是因为心里一直愧疚,而且随着时间的流逝,她越发觉得自己当年的做法不妥,表面上是她受到了伤害,其实真正的受害人却是王建伟。他因此而辍学,彻底失去了上大学的机会。张舒雅大方地和王建伟打招呼,给他敬酒,希望他能原谅她。

王建伟倒也洒脱,说,往事随风,随风,过去的就不提了,然后一饮而尽。

有同学就喝彩,让他俩来一个拥抱,算是对往事的一个了结。

他俩便拥抱了。起初,两人的动作还有点扭捏,笑闹喝彩声高涨。但很快,王建伟的眼睛湿润了。整个场面顿时安静下来,有了神圣的意味。

就在这时,班里的另一个同学,王国梁,冲上去把王建伟和张舒雅环抱住,然后举起手臂激动地说,他今天要告诉同学们一个秘密——他本人,当年也喜欢张舒雅。也给张舒雅写过纸条,署的名字也是拼音 W。

就是说,那些所谓肉麻的纸条,也可能是王国梁写的。

这个迟来的秘密,让同学们惊讶不已。尤其是王建伟,他看着矮他一头的王国梁,一个劲地拍他的肩膀,半天反应不过来该如何对待这个潜伏着的当年的"情敌"。

散场后,我问王建伟,对当年的事怎么看?后悔吗?觉得冤枉吗?

王建伟沉思良久说,现在看去,张舒雅更像是一个符号,给了他爱的启蒙,因此他从来就没有后悔过。至于冤枉,谁又能说得清?爱是每个人的权利,他没有资格去指责别人。同学,终究是同学。王国梁这个半路杀出来的"罪魁祸首",至少证明了他当年的冲动是真实的,并不孤单,还有那么一个隐藏的同伴。你敢说,你没有喜欢过班里的哪个女孩?

他的反问,让我也冷静下来,陷入沉思。

是啊,岁月就是这样神奇,具有洗涤功能。那些"肉麻"的纸条,在当年是罪证,现在却是音符,是对青春往事的歌吟咏叹!

青春保卫战

小玲的父母是一家工厂的工人。小玲爱学习,学习也认真,却没考上大学,只好上了技校。

对于这个结局,小玲耿耿于怀,说如果不是父母偏心,让她复读一年的话……又言之凿凿地说她的某个同学复读后考上了什么名牌大学——小玲对时光的改判,免不了让人心动,觉得堂皇的大学并不遥远。但沉静下来后,禁不住要低头暗自沉默了。

渐渐地,没几个女生愿意和小玲做朋友,嫌她太清高,不识时务,总是在一些高飘的话题里自寻烦恼,让和她接触的人也感到压抑。

"文凭低怎么了?文凭低就不活了?"

班里的小芹就不吃她这一套,刺得小玲张口结舌。

小芹身材好,长相明媚,是班里的美女,她的身边总是围着一群爱打扮的女孩。我和小玲个子偏矮,容貌又不争气,便成了相互取暖的战友。

这样一来,班里的女生分出了两派,小芹的"美一派"和小玲的"深沉派",虽然经纬不是很分明,但一旦有了旗帜,就有了号召力,追随者会自我归队,寻找心灵的归宿。

爱美之心人皆有之。美在任何时候都是悦目的,直观又响当当的。"深沉"就不同了,看不见摸不着,你一个技校生,能深沉

到哪里去？还不是自卑，躲进小楼拨琵琶，假深沉而已！

对于这样的奚落和讽刺，小玲不好反驳，又一时找不到证明的途径，就和我这个丑丫头团结得更紧了，有点联合奋战的意思，又像是同病相怜。

小玲如此器重我，除了我的丑，还在于我的土气。我和小玲的情况又不同。事情往往就是这样，不同的人会有不同的要求。上技校，在城里人是下下策，在农村人是上上策。我是爹娘花钱走后门托关系，买了城市户口才上的技校，按我爹的说法，"好歹有个工作，将来不愁嫁人！"

这样没志气的话，小玲把我爹批斗了一番，说我爹和她爹其实差不离，都是没文化的粗人。小玲怨恨他爹，倒不是没让她复读，而是他爹把弟弟太高看了，从小到大，她爹都忙着托关系走后门，把她金贵的弟弟往重点班往好学校塞，到头来，还不是打了水漂，连技校都没考上。这叫什么？这叫爱之害之，周瑜打黄盖，愿打愿挨。

小玲平时话不多，一旦说起来则头头是道，掷地有声。在我和她的关系中，小玲是将军，我是士兵，她是公主，我是丫鬟。小玲享受这种被依靠的感觉，而我也乐得有她这个靠山。我们两个不知天高地厚的小技校生，就像是两只土拨鼠，不断悄悄地挖洞把自己深埋起来，刻苦地读书，勤奋地参加各种自学考试。有一段时间，小玲还神秘地在当地报纸上发表了文章，引来同学们的惊讶和窃窃私语。

可是技校就两年，太短，还不及一根甘蔗。大学有四年的锦瑟年华，我们第一年来，第二年就要走，青春的会场还没布置好，就落幕了，毕业了，各奔东西找工作了。

我们这两个所谓的"才女",不是爱学,玩深沉吗?到头来还不是一样毕业进工厂?"技校生就是技校生,你以为你能浴火成凤凰?"小芹的这句嘲笑,让我和小玲沮丧,我们不得不承认,我们的确是败了,败得一塌糊涂。

可就在这临毕业的日子里,灰土里却陡然冒出了小绿芽——班里的帅哥马斌,向小玲求爱了。

小玲把我拉到小树林,神情紧张地给我讲完经过,问我怎么办?我说,分别见真情,他能在这个时候向你表白,必是真心实意,怕把你错过……马斌追你,至少证明了你的优秀!

那天晚上,天地静美,我和小玲在月光下的操场走了很久,边走边谈。从小玲的瞳仁里,我见识到了什么是熠熠生辉。我心想,夜明珠也不过这样吧。说真的,我好高兴,好羡慕。月光皎洁,夜色朦胧,我紧挨在小玲身边,感觉她就是幸福的公主。

可几天后,在下了晚自习回宿舍的路上,当着众人的面,尤其当着小芹的面,小玲义正词严地拒绝了马斌。

小玲说:"马斌同学,我知道你长得帅,人也不错,如果你一开始追我,我兴许会答应你,可你先追小芹,被人家甩了,现在反过来追我——你以为你是谁?我小玲有那么贱吗!"

小玲说这一切的时候,义气凛然,有股浴血奋战的架势。说完,她头也不回往小树林那边跑了。

当我追过去,小玲的身体一耸一耸,在暗自啜泣。我围着她转,却不知怎么安慰她好。月亮很圆,而我感到的是悲伤。为她和马斌的事,似乎也为自己,为即将到来的分别。

我们就那样并排坐在长凳上,什么也不说,想着各自的心事。直到后半夜,回宿舍的路上,我终于忍不住,问小玲,为何要如此决绝地拒绝马斌,为什么?

小玲捏紧我的手,最终什么话也没说。

毕业后我给小玲去过几份信,她一直没有回。后来我有了对象,打算结婚,写信向她发出邀请。一周后她回信了,是一封很长的信,足足有六页。她说她已结婚,因刚生了小孩,无法参加我的婚礼,但礼金会让人捎来的。在信里,她回忆了我们的校园生活。在信的末尾,她回答了我当年的疑问。

说她:我也不知道当时是怎么想的……也许,是不敢相信吧;也许,是为了打赢一场战争吧。

一场战争——吧!我尽量平缓地读这五个字,以缓解身体的战栗。因为在那个"吧"字上,有一滴明显的泪痕,扩散着……

我恍惚又坐在了公主小玲的身边。

约　定

我是前几天来到秦岭深处的石板镇的。小镇景色优美,民风淳朴,有一种世外桃源的感觉。

坦白说,我此行的目的,是为了赴一场约会。然而那个网名叫小灯笼的女子,却迟迟没有出现。我给她打电话,她说错过了班车,要徒步上山,可能得两天的时间,希望我能原谅。

一个女孩子家,徒步上山,这在我听来有点天方夜谭。网恋嘛,谁又能完全当真,因此我并不伤感,即便这小女子看不上我,临时变卦,也没关系呀。这里空气新鲜,景色宜人,权当度假好了。我想在这宁静的小镇好好休养休养。

因为各种原因,小镇上老是停电,因此就需要蜡烛。

我到就近的杂货铺去买,回答没有。我再到第二家杂货铺去买,还是没有。因此我不得不到第三家杂货铺去买。铺主人同样平静地告诉我,没有。

我纳闷了,一个镇,怎么连卖蜡烛的都没有?铺主是个精壮的汉子,他嘴里叼一根烟,正俯身弯腰抱着一个大茶缸。对我的疑问,他懒得解释,只淡淡地说,利润太小,不划算。

在我印象中,小镇上大致有四家杂货铺,失望之余,我打算到剩余的那家去碰碰运气。

汉子看出我是个新来的,直截了当地告诉我,那家也没有,你到街尾的老阿婆家去买吧,她那儿有蜡烛。

我将信将疑,顺着石板街一直往前走,走到街尾,在一个缩进去的空挡里,果然有一个简陋的摊位,摆着一些竹编的用具和长长短短的绳子,看上去生意清淡,并没有什么顾客。

摊主是个八十多岁的老阿婆,她对我的到来视而不见,正埋头认真地搓着一根青色的草绳,那编好的部分,蛇一样缠在她的胳膊以及脖子上,再加上她正对着我的一头鸡窝样乱蓬蓬的花白的头发,使我不由地感到一种惊悚的意味。

有蜡烛吗?我低声地问。老阿婆看看我,这才停止劳作,欣然地从木板架下摸出一包。接着老阿婆开始热情地唠叨起来,说她编的草绳如何如何好,只是由于人老了,编不动了,编草绳这活路,手上得有一把力气……付钱的时候,我问老阿婆,生意好吗?老阿婆笑呵呵地说,好、好、好,这不老停电吗?转而一想,话不

妥,忙又说,不过老停电,也不方便哟。

一通寒暄之后,老阿婆斜起胳膊有些吃力地把蜡烛递给我。我这才发现,老阿婆的腿有问题,用她自己的话说,老风湿了,年轻时走路太多。我冲她笑笑,慢步而去。

两天过去,依然没有小灯笼的消息。我猜,这家伙说不定又忙着和别人恋爱去了,想想,给她发去一条短信:祝你好运!我依旧在山上。

过了一会,她也礼貌地发来短信:也祝你好运,山里很美吧!

因为停电,小镇的夜晚就更显宁静。我独自漫步在石板街上,夜风凉凉,山野寂寂,唯烛光融融,从各家的木格窗户里晕染出来,有梦境般的迷幻。

我来到汉子的杂货铺,顺便买点东西,又闲聊起蜡烛的事。我说,小镇上老停电,蜡烛生意应该不错,你为什么不进一些呢?

汉子笑而不答,吐几口烟圈,这才慢条斯理地给我说起街尾老阿婆的事。

早先,老阿婆的丈夫是镇上有名的教书先生,说一口上海话,为人和气,斯斯文文的,"文化大革命"那阵却成了批斗的对象,被抓去干校改造。老阿婆独自带着两个儿子,以搓草绳为营生,日子过得艰难,却也总算熬了过来。

后来政策好了,教书先生也放了出来,却没再回来,而是去了上海,据说在某大学当了教授。再后来,才知道教书先生在上海是有心上人的。老阿婆是个倔强的人,他不回来,她也绝不去找他。她倒要看看,他管不管两个儿子?

有一年,教书先生总算回来了。他回来,是要带走两个儿子,让他们去接受好的教育。后来两个儿子也在上海安了家,过上了好日子。他们接老阿婆去上海，可老阿婆不肯，一直独居。她把老教授几十年来寄给她的钱，全捐给了镇上的妇幼保健站，把儿子们给她寄的钱，捐给了镇上的小学。

十多年前，教书先生去世了。前几年，两个儿子也得病离去，老阿婆却活着，风烛残年，依旧倔强，不轻易接受别人的施舍。无奈之下，镇上这几家杂货铺通过商议，偷偷达成了一个秘密的约定：不卖蜡烛。

漫步在寂寂的石板街上，想着汉子刚才的一席话，震惊之余，我这才明白，小镇的夜晚原来是老阿婆一个人的蜡烛照亮的。这氤氲朦胧的柔光，身小如桔，给予世界的，却是无与伦比的美丽和笃定。

我承认我被感动了！

梦境的迷幻里，我抬起头来，看见一个女孩正笑语盈盈地从石板街的那头向我走来。向我招手。

——小灯笼？！

我如梦方醒。好家伙，原来她在考验我呀。

看来，她一直就在小镇。或者，她就是这个小镇上的姑娘吧。

我慢镜头，像电影里演的那样，满怀热切地向她飞奔而去。

好姑娘

拉姆措和师傅邦德一路唱着来到贝加尔湖区刚好是七月。是一年中最美的时节。天蓝水蓝,绿油油的冷杉林在苍翠欲滴的草地上蜿蜒起伏,时而露出盛开鲜花的草甸,突起的峭壁和弯曲的河流。当然还有来自世界各地的游客。

他们安顿下来,在湖区进行了一个多月的表演。拉姆措十八岁,已经是第二次和师傅进行这样的流浪演出了。拉姆措和师傅头顶都有一根黑粗油亮的辫子,手拿马头琴,唱着悠扬苍凉的蒙古长调,让游客们好奇。尤其是中国游客,总以为他们是蒙古人,或满洲人,以为见了老乡,一开口,却是疙疙瘩瘩的布里亚特语。拉姆措羞怯地告诉翻译,他们是图瓦人。

翻译问邦德:"图瓦人都留辫子吗?"

邦德摇头。

翻译说:"以前大清留辫子,是一样的吗?"

邦德点头。

邦德五十多岁。扁平的阔脸眯缝着眼,看天上的云朵,像是在回忆中睡着了。

翻译又问拉姆措,喜欢辫子吗?拉姆措看一眼师傅,举头说:"师傅说了,辫子代表灵魂。"

人们不再笑,让他们接着唱歌。给他们扔钱。

一个多月后,他们离开湖区,沿着安加拉河而去。

当地人说:有336条河汇入了贝加尔湖,流出的却只有安加拉河一条。它携手叶尼塞河,奔纯洁的北冰洋而去。传说安加拉是贝加尔湖宠坏的女儿,与小伙子叶尼塞私奔了。

这个传说让拉姆措激动不已,他央求师傅教给他一些黄昏时唱的歌。

邦德总是摸摸他的头,意思他还小。

但邦德还是拉起马头琴,唱了一首黄昏的情歌。

拉姆措知道,师傅又想他的相好耶列娃了。

那是一个四十多岁的俄罗斯妇女,面色红润,身材魁梧。老实说,那个女人并不美,但拉姆措喜欢,觉得她就是一个热情的妈妈。

而让拉姆措牵挂的,其实是一位姑娘。

他不知道那姑娘的名字,但在无数的日子里老想起她的模样。

那天,师傅拿着马头琴,和耶列娃去桦树林幽会。拉姆措无所事事地沿着安加拉河走,走走停停。看水鸟掠河飞翔。看一丛一丛的野花摇摆着,伸长脖子察看她们水中的容颜。再往前,有一座突起的高崖,鹰嘴一样伸到了河边。而河对岸,有一条铁路划出一条长长的弧线,偶过黑色的蒸汽机车。

拉姆措坐下来,猜想那车上运的是什么?往哪去?西伯利亚实在是太大了,大到常常会让人忍不住发呆。

正想着,又过来了一辆,像煮开的茶壶一样激情地喷吐着白雾,拉响嘹亮的汽笛。在那云朵般的缭绕里,拉姆措突然看见了一只胳膊,伸出车窗,正在向他招手。拉姆措激动,跳跃,准备放声歌唱。

可他同时感觉到了异样,回过头,挠脖子,看见了山崖上站着一位俄罗斯姑娘,身材修长,穿着一袭白色的碎花长裙,眺望着,左手高高地挥舞一束鲜花。

拉姆措明白了。他羡慕这姑娘,羡慕那个开火车的人。

拉姆措觉得自己有点多余,悄悄走开。

回过头,火车都消失了,那位漂亮的姑娘还站在山崖上,摇晃花束。拉姆措看着温柔的安加拉河,在心里默想:火车、汽笛、鲜花、姑娘,再加上山崖、河流,以及这起伏着的空旷的原野……他肯定自己是目睹了一场伟大的爱情,而不是风花雪月的电影。

之后的几天,拉姆措都来这里。

火车还是那个火车,姑娘还是那个姑娘。然而花束,却有着不同的美丽,天天在变化:一会是圆筒粉花的风信子,一会是细碎微紫的马钱花,一会是橙色的秋萝,一会是菊花般的铁线莲。看来,她把这里能采的野花都采到了。她真是个幸福的姑娘!

拐弯抹角地,拉姆措向耶列娃打听那姑娘的情况。耶列娃撇撇嘴,不以为然地说:"她是个瘸子。"

"瘸子?她不天天站在山崖上手拿花束向火车挥舞吗?"

"是的,开火车的是她相好,当兵的。我见过他们在一起。军人,不一定哪天就走了。"耶列娃摇摇头,继续给邦德梳辫子。

瘸子。拉姆措不太相信这个事实。瘸子怎么会采到那么多漂亮的花束呢?怎么能爬上那么高的山崖?

直到他和师傅离开的那天,他还看见那姑娘站在山崖上,手摇花束。她身体前倾、胸脯高挺、左臂摇晃的样子就像是一面旗帜,深深印在了拉姆措的心里。一想到那位美丽的姑娘是个瘸子,拉姆措的心里就有些难受,忍不住要拉琴。因此这次一到,拉姆措就跑到山崖前,去看望那位不知名的姑娘。

一连几天,都不见姑娘的踪影。再看河对岸的铁轨上,已难觅黑色的货车,取而代之的是一列列鲜亮的绿皮客车。

拉姆措爬到山崖上,在一块青石上坐下来。他想,姑娘肯定曾在这块石头上坐过。现在,她去了哪里?那个火车司机去了哪里?

拉姆措站起来,河床里刮过来的风吹起他的长袍,使他看上去像一个古人。

他准备下山,然而在另一个高起的石头上,他看见了一大片花束。只不过都已风干,变成了褐色,像一堆柴草。

拉姆措开始拉琴,他自己都不清楚拉了多长时间。

当邦德找到拉姆措,夕阳的辉光映在安加拉缓缓流动的水面上,仿佛金色的歌唱。

邦德吃惊地问:"拉姆措,你拉的这是什么曲子?不是我教的!"

拉姆措把辫子甩开,仰头问:"好听吗?"

邦德哈哈大笑,握住拉姆措的辫子说:"拉姆措,你长大了。告诉我,叫什么曲子?"

拉姆措害羞地别过脸,把一块石子扔进水里,对着那不断扩散着的轻漾的涟漪说:好姑娘。

断了弦的琴

林雅纯当着母亲的面把小提琴摔了。

比这更要命的是,林雅纯的牙缝里同时还窜出了一条蛇:变态。

这条狠毒的蛇,让林雅纯自己都惊呆了。

她僵在那里,眼泪顿时涌了出来。

母亲瞪大眼,哆哆嗦嗦了好一阵,看林雅纯抱头冲进了自己的房间,斜眼看了一会儿地上的琴,也不捡,跨过去,抹着眼泪进了妹妹林雅洁的房间。

林雅纯靠在门上,半天喘不过气来,眼泪哗啦啦地流,覆水难收的样子,几乎就是瀑布。林雅纯手抓头发,告诉自己:在这个家里不能再待下去了,再待下去她会发疯的。

搬出去。搬出去。

这样的念头,林雅纯其实从参加工作那会儿就有了。可母亲一直不同意,说一个女孩子家,在外边住不安全,况且又花钱。母亲这么一说,林雅纯无话可说了。林雅纯从小就是个听话的孩子。父亲死的那年她才五岁,她并没有哭,只是害怕,她不能相信一个人睡着后会永远醒不来。为此她害怕一个人睡觉,和母亲、妹妹挤在一张床上,直到她上初中。

确切地说,是妹妹林雅洁发病的那一年。那一年妹妹上初二,却偷偷恋爱了,而且是和一个初三的男孩。母亲知道这件事情后,把妹妹狠狠羞辱了一番,说再这样混账下去,将来只配去做妓女,做小姐。

妹妹不甚明白妓女和小姐是什么意思。但她从母亲的诅咒里意识到了那是两个很脏的女人。奇怪的是,沉默寡言的妹妹并没有被母亲所吓倒,而是继续和那个男孩偷偷摸摸,学习差得一塌糊涂。母亲恨铁不成钢,常常哭,常常骂。直到有一天,妹妹给母亲跪下来,当着母亲的面,把衣服全脱了,她大笑着质问,她是不是妓女?是不是小姐?林雅洁匍匐到母亲腿边,疯狂地拉扯母亲,要她看看她到底是干净还是脏?

那一刻的母亲,像一棵枯树一样被彻底摇落了。她不明白,好好的林雅洁怎么突然之间就成了疯子!她不相信。

她大叫:来人,来人。为什么?为什么?

屋里没有一个人。林雅纯学琴去了。

林雅纯常忍不住想,自己会不会有一天也成为妹妹?

这个家里,太需要一个男人了!这么多年,所有的事都由母亲一手操办,母亲回到家里就是干活。母亲的话越来越少了,目光越来越犀利,像一只老鹰一样的紧紧地看管她们。后来,妹妹病了,母亲就主动上夜班,守着一台油脏的车床,一月挣那么可怜的几百元钱,母亲容易吗?

这一切林雅纯自小看在眼里,她不愿让母亲伤心。母亲一伤心她就不知所措,以为自己是犯了什么严重的错误。因此母亲让她干什么她就干什么,让她考哪个大学她就考哪个大学。因此她加倍努力,尽力让母亲得到一点点可怜的骄傲。

按理说,如今自己已成为本地大学的一名音乐教师,母亲该放心了。但母亲都做了些什么？林雅纯想起来就难过。她把自己囚闭在家里。她赶跑了她的一个个男朋友。她不知道她在背后都对他们说了什么。她觉得,母亲太过分了。凭什么她就断定别的男人都配不上她的女儿？

凭什么？她不知道怎样的男人才能令母亲满意。母亲对这个社会存有太多的敌意。

说好的,今天庞阔蓝到家里做客,母亲也满口答应。林雅纯上了一趟卫生间,进卧室拿了琴,回客厅一看,庞阔蓝不见了,被母亲轰走了。

林雅纯质问母亲:为什么？

母亲给出的理由竟然是:庞阔蓝刚才看电视里的女人的眼神不正常。

林雅纯当即把琴摔了出去,牙缝里就窜出了那条歹毒的蛇。

是的,林雅纯一直觉得母亲的心理有问题,可她说不出口。更不知道怎样来和母亲说。母亲一方面是这个家里的皇帝,一方面又是这个家里的乞丐。她把所有的心思都藏着,把所有的爱都给了她们。母亲太苦了,把她们拉扯大,容易吗？她又怎么好去和她作对。

事实上,前些年,隔壁邻居给母亲介绍过一位退休老师,林雅纯认为挺好的一个伯伯,为人随和,说话也风趣。可到家里来过几次后,却被母亲莫名其妙地回绝了。事后林雅纯才知道,母亲是嫌那位伯伯和自己说的话多了,怕将来对自己图谋不轨。

林雅纯为此事和母亲几天不说话。她觉得她越来越看不懂母亲了。她不明白母亲为什么要把自己看得如此珍贵,绑得如此紧,不容自己有丝毫的喘息。她已经快三十的人了。难道就因为她是她的母亲？就因为她这么多年含辛茹苦不容易？

　　林雅纯想不通，这究竟是怎么了，明明是爱，怎么却总是伤害！

　　她不清楚母亲的感受，母亲似乎从来不考虑自己。她把自己沉浸在母爱的艰辛和伟大里，一腔热情一如既往地要把她当成孩子，要保护她。而间歇发病的妹妹，就像一个紫黑的幽灵，时不时刺激着这个家庭本就薄弱的心脏。

　　林雅纯自小就是在这个担惊受怕的环境里长大的，她不知道怎样才能从那洞穴里爬出来。她抓扯自己的头发，愈抓愈乱，没有头绪。她一遍遍问自己：如果自己搬出去，逃跑了，妹妹怎么办？母亲怎么办？她们可都是她最放心不下的人呀！林雅纯泪如泉涌，边哭边想，感觉所有吃过的盐都从泪水里跑了出来。

　　哭着哭着，林雅纯猛然想到母亲，怕她出事。从房间出来，透过门缝，看见母亲正瘫坐在地上，似乎睡着了。而妹妹，把母亲的衣服扯开了，抱着她干瘪的乳房，正趴在那上面贪婪地吮吸，口含白沫，仿佛婴孩。

　　林雅纯看不下去了。

　　她的愤怒被再次点燃。

　　她抓起地上的琴。琴并没有摔断，只是断了一根弦而已。她疯狂地，像个艺术家那样摇头晃脑地拉了起来。

　　房间的每个角落很快就被一种恢宏的支离破碎的声音淹没了……

砖　头

　　老吴收拾柴房，把几个旧木箱卖了。自然，那几个垫箱子的砖头，就成了垃圾。他往垃圾筒里扔，结果一块没扔进去。老吴是个认真的人，本打算弯腰去捡的，可他还没走过去，一条宠物狗突然蹿到了他前头，对那块红砖头产生了浓厚的兴趣，又是扑跳，又是抓打，似乎是亲密的玩伴。老吴看着狗，一抬头，发现三楼阳台上有个时髦的女人，正倚栏笑盈盈地看着宠物狗。

　　"不嫌脏啊！"女人对狗发出了训斥。

　　老吴感到自己仿佛也受到了训斥。因为那女人的语气，有高高在上的藐视，这一来，老吴不好意思和一条狗去抢砖头了，也不便停下来等，仓皇上楼了。

　　老吴上楼后，那狗又玩了一会儿，撒了一泡尿，然后回家陪主人去了。

　　狗前脚走，小区里的一个小男孩看见了那块砖头，觉得颜色红、硬、气派，便蹲下来玩，把它搂在怀里，当小熊，当武器，玩得不亦乐乎。

　　小男孩的妈妈看见了，头伸出窗户大声呵斥："脏不脏啊！你想吃垃圾是不是？……哪个缺德玩意，垃圾也不扔进垃圾桶！"

　　这话老吴在家听得一清二楚，心里就有了几分不舒服。

　　再下楼，砖头还在，老吴走过去，偏不捡。因为那砖头上赫然横着两个神气的女人。没错,她们虽不在,可她们刚才的斥骂,分明是针对自己的。老吴赌气,不管了。他倒要看看,一块砖头能有多脏?能碍多大的事?

有意思的是似乎连清理垃圾的人,也觉得把这块砖头扔进垃圾桶有些麻烦;或许是认为可惜吧,毕竟砖头有很多用处,一块方方正正的硬东西,你要用的时候去找,还真不容易。

于是乎,老吴发现,很多天,他的那块砖头,就那么不咸不淡地赖在垃圾桶周围,被人踢来踢去,一直没有离去的意思。

日子一长,老吴把那块砖头忘了。或者说,是砖头悄无声息地走出了小区。那个小男孩,他本来只是一时觉得新鲜,和砖头玩玩,可妈妈的训斥,越发让他觉出了砖头的有趣。妈妈怕脏,小男孩不怕;妈妈说砖头危险,砖头给小男孩的却是威武。他把砖头举起来,又扔下去。小男孩在小区里没有几个玩伴,他和砖头玩着玩着便玩出了感情,有了挂念,一有空闲就来找砖头。

可妈妈见一次批评一次,让小男孩烦。于是,有一天他把砖头带到了附近的大街上,像带着一条小狗那样和它边走边玩。

玩了一会,小男孩累了,也是饿了。他口袋里有零钱,去杂货铺买零食。等他从杂货铺出来,砖头不见了。让小男孩左转右转,觉得好奇怪,这砖头哪里去了?

砖头自己清楚,小男孩刚进杂货铺,一个讨钱的人从此经过,天上正好刮起了一阵风,讨钱的认为砖头正好可以压住他悲惨的简历,不被风和人们怀疑的目光吹翻,好博取更多的同情。于是他把砖头拾起来,带到了人流如织的广场上。

在广场上,砖头帮讨钱人压了几天悲惨的经历,天转晴了,阳光明媚,热力四射。讨钱人罪人般下跪低头,作一副愁苦的表情。当太阳把他弯曲的背晒得炎热难耐,腿酸腰疼,出于愤恨,他扬手把多余的砖头扔掉了。

离开了忘恩负义的讨钱人，砖头自由了，一身轻松，漫无目的地在人们的脚边绊来绊去，却没一个人愿意理它。

之后的几天，砖头在几个小学生的脚下又游走了一段距离。在一个黄昏，它甚至戏弄了一位着急接孩子的母亲，结果自行车倒了，幸好大人小孩没受伤。

接下来，不知什么时候，砖头神不知鬼不觉地来到了"夜巴黎"洗脚城门口停车场的角落里，在这里孤单地居留了下来。

直到有一天，老吴从此经过，看见两个大腹便便的中年人在一辆轿车旁拉拉扯扯，看样子是醉了。这两个人里面，碰巧有一个老吴认识，而且那个家伙是个科长。老吴便过去劝解。结果另一个人恼了，卷着大舌头豪迈地说："你，你，你再多管闲事，我，我就拍你，拍你，你信不信？"

那人虽然醉了，但心里清楚只不过是吓吓老吴，耍耍威风而已。可老吴是个认真的人，不能不管。结果那人还真就举起了手，架势要拍老吴。老吴迎上去，知道他不过是闹闹而已，就说，"你拍吧，不要再闹了好不好！"

那人被激怒了，"你，你算老几？"，他旋了几圈，也正巧，看见了那块砖头，抓起来，朝老吴的头上拍了下去。

对　峙

那是三年自然灾害最严重的那一年。年底了,天寒地冻,连野菜都没有的吃了,整个村庄笼罩在灰蒙蒙的愁苦和叹息之中。

家里揭不开锅,我大哥陈天华从楼顶上翻出我家祖传的一把猎枪,带着我,沿渭水河向秦岭深山进发,去摩天岭抓岩羊。还没到摩天岭,我先病倒了,刚开始是腹泻呕吐,后来发高烧,迷迷糊糊的,像天上的云彩。

没办法,大哥把我背到一个山洞里,临时住下来。三天过后,唯一的一只野兔吃光了。大哥丢下我,去周边的山上碰运气,结果连一只老鼠也没抓着,山上的野果更是早被鸟们掏空了。只是在落叶里找到了几节蚯蚓一样曲里拐弯的拐枣。大哥一边走一边想,再打不到东西,估计他的弟弟就要死了。因为我已极度虚弱,急需营养。现在大雪封山,他又该到哪里去找那些机灵的野物?

马上就到洞口了,大哥晃着拐枣,刚准备喊我,看见洞边的树丛里有一只熊仔,看样子也饿得走不动了,不断地舔掌。大哥一阵惊喜,架好枪,食指愉快地晃动着。正当他要扣动扳机,突然感觉树上的雪簌簌往下掉,一只黑色的大狗熊,从洞口闪出来,发出低沉的吼叫。

我当时昏昏沉沉的,并不知道狗熊的到来对我意味着什么。大哥不清楚狗熊伤到我没有?他放下枪,举起双手,意思要和狗

熊讲和，如果它不伤害他的弟弟，他也就不伤害它的儿子。狗熊摇晃着，似乎明白了他的意思，从洞口退出来，低吼了几声，带着熊仔摇摇摆摆地走了。

大哥进到洞里，看我安然无恙，还处在昏迷状态。他把拐枣放进我的嘴里，让我嚼。过了一会，我醒来，央求大哥说：我饿，饿……饿得连说饿的力气都没有了。大哥抱着我，眼泪霎时涌了出来。他想，再不想办法，估计我真的就要死了。

大哥提起枪，追出洞去，却被吓了一大跳。原来刚走的母熊，又回来了。母熊摇晃着，也吃了一惊，小眼睛一直看着枪，迷茫而崇拜，嘴里哈着热气，热气里缭绕着低沉的喘息。

大哥缓缓举起枪，心想：熊必是饿极了，要回来吃我们。

母熊不再前进，也盯着大哥。

大哥不敢动，他和母熊的距离也就五米左右，他不敢贸然开枪，万一打不中要害，熊扑过来，只需一掌就能结果他的性命。

就这样对峙着，谁也不敢贸然出击。

山野静寂，簌簌的雪花从树上弹落下来，大哥似乎都听见自己的心跳。他不能动，目不转睛地看着熊的眼睛，感觉天旋地转，熊在分身、变大，魔鬼一样恐吓着他。那恐吓里只有一句话：我饿，我要吃掉你。

这句话也正是大哥要说的。

大哥闭上眼睛，又睁开眼睛，他呼一口气，食指微微移动，却迟迟不敢扣动扳机。他知道他和我的性命都维系在这一枪上。对熊，对饥肠辘辘的我们，都将是致命的，没有丝毫妥协的余地。

大哥感觉自己再站不住了。再拖延下去，只会对他越来越不利，他的手臂发麻，感觉随时会掉下来。他咬咬牙，狠狠地眨一下眼睛，提醒自己，决斗吧，必须速战速决。

就在这千钧一发之际,灌木里传来了小熊激昂的嚎叫。大哥一阵惊喜,意识到,是熊仔踩上了他预设的夹子。母熊掉转身,摇摆着向熊仔跑去。

大哥就是在这时开枪的。

这一枪并没有打中要害,熊跑出十几米,便跌倒了,回头嗷嗷朝大哥叫。大哥一屁股坐下来,心里嘲笑道:看来,我们都是纸老虎,被饥饿掏空了力气。

幸运的是,在喝了熊血后,我奇迹般获救了。

出于感激,大哥放走了熊仔,和我打道回府,放弃了去摩天岭抓岩羊的计划。

回到家,母亲赶忙用小锅炖了一点熊肉,还在锅里撒了葱花。我的弟弟们围着灶台兴高采烈地转,说有肉吃了,把碗敲得咣咣地响。他们正狼吞虎咽。我的不到十八岁的二哥陈天明从外面砍柴回来,饿极了,看母亲已为他盛好了熊肉汤,奔过去,端起碗就喝。结果吸进去的熊油烫得他把碗都摔掉了,还是没吐出来。后来,咽喉开始发炎,肿胀疼痛。看郎中,说估计是熊油汤里的葱叶呛在了气管里,灼伤感染了,建议去很远的县城看看。

父亲死得早,家里没人做得了主。再者,饭都吃不上,家里哪有钱啊。大哥把熊肉割下来,拿出去偷偷卖,然后去县城给二哥抓来药。药吃完后,症状却没有减轻,人急剧变瘦,吃东西都困难。半年后,二哥就去世了。

二哥的去世,让大哥难以接受。他不止一次地说:这也许就是报应吧,是那头母熊在向他讨债哩。它放过了他的三弟,却夺走了他的二弟,这是一命抵一命呀!

因此家里,一直都保存着那个白森森的熊头骨架。大哥不让我们玩,把它放在阁楼上,在二哥的忌日,他会跪在那个熊头骨架前为弟弟祈祷。

因此大哥发誓要把自己变成一头牛,带领着我们老陈家富裕起来,过上有衣穿、有饭吃的好日子。

那时,人们斗来斗去,大哥哪一派也不参与,整天只知道干活。我记得大哥说过,在贫穷、饥饿的对峙里,从来都没有什么真正的赢家。

母亲死后,为了我们这个家,大哥一直没有结婚。三十八岁那年,他就把自己累死了。临死前,他还在叮咛家里的事情。

现在,我已成为一个老人,衣食无忧。时不时,我会拿出那个熊头骨架,端详着,想起我苦命的大哥、二哥,以及那些饥寒交迫的岁月……

这白森森的熊头骨架,两只黑洞洞的眼睛,盯着我,和我对峙,使我依然能感受到一股幽深的力量。

结　巴

建军是个口讷的人。

了解他的人都清楚,建军的肚里其实是有货的,说上知天文下知地理一点也不为过,只是道不出来,有点像人们常说的那个"茶壶里煮饺子",再香再美,不出来,也是白搭呀!

谈女友不比其他,可以慢慢来,日久见人心。现在的女孩,普遍比较喜欢能说会道的。十分钟就要看出你的面目,行与不行,都痛痛快快的,免得浪费时间。

这一来,建军吃亏了,总是跟不上趟。舌头在嘴里划来划去,攒了很大的劲,话还是吐不出来,成了一条在原地打转的船。建军常为自己的笨嘴笨舌感到窝火,就像是一捆上好的柴,好归好,却是湿的,不能立刻燃烧,需要时间慢慢滤掉其潮湿的水分。

建军明白,没有哪个傻女孩愿意给他时间。

建军越在意,他的结巴就越严重。

一起参加工作的朋友都结了婚,有了孩子。建军变得孤僻,不爱与人来往。

在单位,建军也不怎么和同事开玩笑,只顾埋头干活。然而他是班长,得领导组员,因此就必须得说话。

建军是个铸造工,具体工作是造型,把砂子堆来堆去,就跟做手工似的,他喜欢这份工作。可在外人看来,又苦又脏,谁听了都摇头。他找不到对象,这也是一个因素。建军干工作极为认真,每一个砂型都追求完美。可这样一来,组员们不愿意了,说铸造品本就是毛坯货,你要干成精品,你是脑子进水了是不是。

建军就和他们吵,据理力争,理直气壮。因为老厂长一直比较器重建军,认为他这样的人是宝贝,他建军也就不怕得罪人。

可每次争吵,建军都不占上风,甚至总是闹笑话。

吵架时的建军,就像是一个车夫在爬坡,关键时刻,舌头在原地打滑,上不去了,把建军急得又是梗脖子,又是跳脚,脸憋得通红。到最后,反倒是对方心平气和地劝他了:值得吗?为这点芝麻大的小事!

建军意识到,他们可能是故意的。

这帮家伙,压根就没把他当回事。他们私下里说:一旦老厂长退休,结巴建军会一文不值,就会成为砂堆里的一块铁。

从此,建军在工作中也不怎么说话了。都是多年的同事,一

个眼神一个举动,就知道接下来该干什么,倒也相安无事。

几年后,老厂长退休了,还真像他们说的那样,建军立马从组长的位子上掉了下来,成了一块生锈的铁。新组长,自然是个能说会道的家伙。新厂长说,这叫与时俱进嘛。

好在建军也不在乎,该上班上班,下班后看看书、听听音乐。周日,骑辆自行车往郊区跑,跋山涉水。一个人独行也蛮自在。

一天,建军登鸡头山,在一片松树林里休息,头顶呼啦啦落下来一群鸟,有画眉、有八哥、有百灵、有喜鹊,还有几种叫不出名字的长尾巴的鸟,羽毛鲜艳,像是传说中的凤凰。鸟儿们仿佛在召开音乐会,莺歌燕舞地轮番上阵,一点也没把他放在眼里。

建军灵机一动,哎呀,我说话结巴,为什么不唱唱歌呢?

建军就在山上唱了起来。居然并不像他想象的那样困难。声音很自然地就流了出来,在他听来就像丝绸一样光滑,而且是源源不断地绵延了出来。

建军惊讶之极,原来唱歌和说话并不是一回事。它们共用着一条声带,却居然可以做到井水不犯河水。

建军为他找到了这么好的表达方式而亢奋。他索性爬到树上,坐在树杈上,豪迈地唱了一曲《滚滚长江东逝水》。居然和杨洪基唱得一样激昂雄壮。

他一边唱,一边被自己的声音惊呆了。那江水一样浑厚的声音哗啦哗啦拍着树梢,就像是一阵风,把他全抱紧了。鸟们也滑翔起来,给他翩翩伴舞。建军愈唱愈激动,仿佛自己是歌唱家,在举办一场声势浩大的演唱会。

唱着唱着,建军哭了,双手在空中抒情地挥舞,一会儿摸摸肚皮,一会儿送到眼前,似乎他的肚子是一个尘封的水库,现在总算是找到了出口。这让他匪夷所思,悲喜交加。

从那之后,建军迷恋上了唱歌,甚至试着以唱歌的方式来说话。这样一来,每句话都被赋予了一种高贵的气质,就像是格言警句,全方位唱出了窝在建军肚子里的那些出不来的东西,让听到的人很是震撼。

　　后来,建军辞去了他的铸造工作,过汉水一路向南,在巴山深处找到了一家林场。他不善言说,却用歌声打动了林场里仅有的几个男人。从此他心满意足地当上了护林员,几年时间,他没出过大山一步,在崇山峻岭里穿行,巡山护林,引吭高歌。

　　就是在那段时间里,建军用歌声迎来了他的姑娘。那位姑娘是个善唱山歌的羌族女孩,她被建军的歌声所吸引,最终成为搭档,也成为夫妻。

　　再后来,建军参加了中央台的歌唱比赛,他一举成名,成了出色的歌唱家。

　　有一次,我在电视上看见了他的访谈。面对主持人的提问,他面容平静,谈吐自如,我几乎不敢相信,他就是从前的那个结巴。

　　作为他昔日的同事,如果不是我"见证"过,谁能相信他是个被人嘲笑的铸造工。或者说,我的"见证"只是一个假象。这二者之间,必有一个是被遮蔽的。

因为你

张斌是个年轻帅气的小伙子。上大学那阵,喜欢他的女同学倒是不少,可他心高气傲,又专心于学业,想好姑娘多的是,等到功成名就,不愁找不到如意妹妹。

然而走向社会才三年,张斌就意识到了他当初的想法是多么幼稚。

他以为他专业学得好,就能找到好工作,可事实是,他已换了五家单位,至今未谋到理想的职位。张斌家里条件好,不在乎他的收入,他的学历和能力又摆在那,暂时找不到好单位好工作他倒也不着急,毕竟才三年嘛,总有一个寻觅适应的过程。

真正让张斌头疼的不是工作,而是他的个人问题。他原以为自身条件不错,又是名牌大学生,找个称心如意的爱人不算难事,可事实证明他又错了。凡是他看得上眼的姑娘,人家早已是名花有主,或是"沾价待售"。张斌这才发现,还是大学里的爱情纯粹呀!后悔自己错过了大好时机。

这天,张斌去表叔所在的公司玩,无意间发现了一位漂亮妹妹。该姑娘天生丽质,衣着朴素却又显得优雅大方,美而不艳,很对张斌的胃口。张斌从侧面打听到,这位漂亮妹妹名叫方舒雅,也是初入社会没几年的大学生,年前才刚到表叔的这个公司里来的。让张斌心花怒放的是,这位妹妹目前并没有确定的男朋友——不过追她的人倒是不少,光本公司就有几个男青年对她垂涎欲滴。

　　张斌是又喜又急,情急之下,一个大胆的念头在他的脑壳里开了花——为确保万无一失,他要到表叔的公司去上班。大学时他过了良机,这一次,他可得抓紧了。近水楼台先得月嘛,距离近,自然下手就快,赢得概率就大。经过这三年的打磨,张斌算是明白了,工作重要,爱人更重要,称心如意的工作可以慢慢找,称心如意的爱人,则如惊鸿一瞥,是可遇而不可求的。

　　一晚上,张斌都在琢磨这件事情。

　　第二天,张斌又来到了表叔的公司,流露了想来这里上班的意思。表叔是公司的副总,这点权利还是有的。只是他不明白,自己这样的小公司,也就十几号人,张斌素来对工作挑剔得厉害,怎么忽然想到要屈居到他的小庙里来?

　　表叔问,是不是在单位闹矛盾了?受打击了?年轻人嘛,受点打击经历点磨难是正常的,不要总想着逃避。

　　八字还没一撇,张斌不想说出他的心思,正愁不好解释,听表叔这么一说,将计就计,倒起了苦水……说再也不想回原单位上班了,让表叔一定收留他,给他一碗饭吃。

　　表叔当即笑了,这叫什么话?一家人嘛,想来还不容易,一句话的事情。表叔开玩笑说:"你来是我们的福分!只要你愿来,在哪个部门任职,随你挑。"

　　张斌记得那姑娘在财务部门,也就不客气地说:"我现在是见钱眼开,想在财务部门清闲一阵,小会计也行呀。"

　　表叔就爽快地答应了张斌。只是让他回去再冷静几天,想好了的话,三天后来上班。

　　三天如隔三秋。

　　这天早上,张斌满心欢喜迫不及待地到表叔的公司上班。他

在财务部里转出转进,左等右等,就是迟迟不见自己心仪的那位漂亮妹妹。

张斌急了,向隔壁办公室的小胡打听,"方舒雅干什么去了?"

小胡气哄哄地说:"走了!"

"为什么?"张斌问。

"因为你呀!"小胡鄙视地看着张斌,顶了他几句,"你老兄关系硬,非要挤进来——只可惜呀,现在的岗位是一个萝卜一个坑,哪个老板舍得多养一个闲人?到头来,只有捏软柿子,先把她开销喽!"

张斌一听,顿时傻眼了。他做梦也想不到会是这样的结局。

鱼易臭

周末和渔友去郊外钓鱼,收获颇丰,大大小小有十多条。这些鱼家里根本吃不了,冰箱里早已塞得满满的。古语道,连年有余(鱼),我家可是鱼多为患。老婆骂我窝囊废——这年月,人人都围着钱打转,你倒消闲,还有心思去钓鱼?你以为你是姜太公啊!

我说,那咋办?总不能扔了。要不,拿到市场上去卖?

老婆又骂我猪脑壳,说这能卖几个钱,不如给你们单位领导送几条。

我说,人家不稀罕这玩意,领导们现在都不吃鱼,吃王八。

老婆说,礼轻情意重嘛,大领导不好意思送,送给那些小领导总该行吧,你可别小看了那些小领导,比太监还厉害呢,他们不给你说好话,你休想有出头之日。

老婆说得在理,我只好照办,找来几个漂亮的手提袋,在里面又装了塑料袋,活鱼活水地给单位的几个小领导送了去。

剩下几条鲫鱼,本打算养在盆里给老婆熬汤的,老婆却闻不惯鱼味,更看不惯鱼在盆里游来游去无所事事的样子。

老婆咬牙切齿地说:你以后再钓鱼,再让鱼在我眼前晃来晃去——我就跟你离婚!

老婆的脾气我是知道的。我明白是什么撞到了她的神经。

我说,好吧,为了我们这个家庭,为了你,为了孩子,我保证以后再也不钓鱼了。让鱼彻底地消失在你的视线之外吧。

老婆说:我也不知道为什么,我一看见鱼我的心里就痛。

我明白,让老婆心痛的不是鱼,而是我。

我说,老婆,你就原谅我吧,我保证从明天开始振作起来。这几条小鱼,你要是看着难受,那也送人吧。

老婆摆摆手,示意倒掉好了。

倒掉多可惜呀,我把小鲫鱼装在塑料袋里,领命出了门。

出门后,才发现还没想好要把鱼送给谁?

天已黑,往何处去呢?我站在楼道里,看着小鲫鱼发呆。

突然,我想到了我们古人的一句忠告:远亲不如近邻。

那好,就送给邻居吧。

按理说,应该送给隔壁邻居。但老婆教导过,鱼,预也,谋也,你得先想想哪些人是对你有用的人?在这个世界上,没有好人,也没有坏人,只分对你有用还是无用的人,当对你有用的人多了,你自然很快就会成为有用的人。

老婆都成哲学家了,我再不努力岂不是太笨了。

我在脑子里把一楼到六楼的邻居搜索了一遍:隔壁男人的形象太邋遢,我不喜欢。二楼的男人倒是气派,目光却有太盛气凌人的架势。三楼的男人像是个做生意的,早出晚归,行色匆匆,让人摸不着头脑。一楼的老头待人和善,可按老婆的理论,他应该是个无用之人。四楼两口子,给我的印象还不错,男的温文尔雅,女的素雅大方,看上去像是知识分子,应该是有用之人吧。

这样算来算去,我和小鲫鱼就游到了四楼。

小鲫鱼当然不知道,它要被送人,因此它在浅水的袋子里依然游得很愉快,让我也愉快起来。送人玫瑰,手留余香,给人恩惠,心生优越嘛。

咚,咚,咚。我斯文而有节奏地敲门。

敲了半天,里面寂静无声。怪事,方才上楼时,我明明看见这家的窗户还亮着灯。

咚,咚咚,咚咚。我稍微用力再敲。

门内有了响动,好像有人在轻轻走动。仔细再听,声音却断了。楼道里的声控灯也灭了。我只好跺脚震动了一下,却显得很粗野,不合时宜。所以灯再次灭了以后,我就不好意思再跺脚了。黑灯瞎火的,鱼开始在塑料袋里剧烈乱窜。

咚,咚咚,咚咚咚。怕室内的人没听见,我增加了敲门的力度。

这时,门里有了女人的声音。隔着防盗门,虽然我看不见她,但分明感觉到了女人的警惕和戒备。很可能她正趴在猫眼上观察,只是猫眼太小,估计也看不清,何况灯灭着。

她小声问:哪个呀?

我说:是我,六楼的,邻居。

女人问:干什么?

我说:送鱼。

鱼?女人问,为什么要送鱼?

我说:鲫鱼,我钓的,家里吃不了。

我想,这下女人应该听明白了。我用力踩亮灯,等待女人为我开门。

哪料到,女人细声紧张地说:你走吧,我老公不在家,请你不要再敲门了好不好。我不稀罕你的鱼!

我说,我,我……还没吐出第三个我,女人义正词严地向我下了逐客令:你快走,再骚扰,我可要报警了!

女人义正词严,却不得不把声音压得很低,从门缝里钻出来,就有了见不得人的意思。扫兴的同时,我的心里不免乐了起来:这个女人呀,看来她是多心了,以为我对她有预谋,有非分之想。如此说来,老婆的理论是对的,鱼——预也,谋也,欲也,欲望和预谋,似乎还真与鱼有关系。

既然女人认为我有企图,要掐灭欲望,只有把鱼弄走。没有了鱼,都落个干净。

扔了我还是不忍心。我想到了一楼那个老头,于是和鱼从四楼游到了一楼。

老人家胆更小,我怕吓着他,就没有敲门,而是把塑料袋挂在了门把手上。然后在门上贴了个小纸条:六楼送。他一开门,自然就会发现。

第二天早上我去上班,下到一楼,看门把手上没有了塑料袋和小纸条,以为老人已经收纳了,正心里高兴,手留余香,刚出楼门,却看见了垃圾堆上有鱼,鱼还在蹦跳呢,似乎在欢迎我,让我去救它们。

我这才明白,老人把鱼扔了。对于老人来说,它们是来路不明的鱼,六楼,也不过是一个虚指,至于"送",就更奇怪了,无缘无故,你送我鱼干吗?动机何在?有什么阴谋?与异性的暧昧比起来,就显得更凶险了。来路不明的鱼,扔了也算恰当。

下午我下班回来,又看见了我的鱼。我以为它们被小猫小狗吃了呢。没有,小猫小狗也没有去动它们。它们全烂了,烂得很难看,上面歇满了苍蝇。

我这才恍然明白,鱼是很容易发臭的!

哥俩好

小郭和小胡住同一栋家属楼,而且是同一个单元。因为俩人都爱下象棋,棋艺又相当,俩人的关系就密切起来,以哥们相称。周末时免不了杀上几盘,再喝几口酒,单调的工厂生活倒也有了几分悠闲和自在。

他哥俩下棋,两家的孩子豆豆和皮皮也就在一旁玩,闹闹腾腾的,狗一样招人嫌。两个人就训斥道:去去去,去健身广场玩去。

再不走,小郭或小胡会掏出一块钱,恶狠狠地说,买吃的去!天不黑别回来。

俩小家伙飞快往超市跑去。然后叽叽喳喳地去了健身广场。

健身广场不大,然而设施齐全,又没有外来车辆,孩子喜欢,大人放心,不像市区的孩子玩耍时还需要家长跟着陪着。

这天,俩小家伙又在一起玩,疯跑了一会,坐了会儿滑梯,在长凳上歇了下来,有一句没一句地说起了学校的事。俩小家伙同班,都上二年级,豆豆学习好,声音就大,可皮皮个子高,力气大,说着说着不知哪句说毛了,竟动手打了起来。

等小朋友把他们的爸爸唤来,皮皮的小拳头依然挥舞着,武松打虎似的把豆豆压在身下狠狠地捶。

小胡一看自己的儿子被打——那个气呀!虽然小郭劈头就给了皮皮一巴掌,但他还是忍不住发话了,义正词严地训斥豆豆:你没长手呀?别人打你,你就乖乖地趴在地上,你是猪是不是?

话一出口,小郭脸上挂不住了,对皮皮又是一顿打,然后抓住哇哇大哭的皮皮气哄哄地走了。

这下反轮到小胡脸上挂不住了。小孩子嘛,哪有不打架的,何况皮皮并没有把豆豆怎么样,拳头虽然野蛮,却处处落在衣服上,并没有往脸上去。小胡说这话的意思,并不是特别针对打人的皮皮,而是气不过儿子任人打骂的窝囊,小时这样,大了怎么办?还不是处处受欺负?这样一想,才忍不住说了出来,目的是教训儿子要有保护自己的意识,并非故意甩话给小郭听。

事后,俩孩子回去再给自己的妈妈一学,两家的关系就明显疏远了。小郭和小胡见面虽然依然发烟打招呼,却再没有在一起下棋了。

小胡两口子是大学生,儿子学习又好,这件事提醒了他们,不能再和淘气的皮皮在一起玩了,近朱者赤,近墨者黑,这道理他们都懂,因此不止一次地告诫豆豆,以后少和皮皮玩,免得他再打你,听见了吗?

豆豆不去找皮皮,皮皮却忍不住要找豆豆。有一次,皮皮拿着一包干脆面去找豆豆,小胡告诉皮皮,豆豆去健身广场玩了。

小郭站在窗前,看儿子傻乎乎地向健身广场跑去,心里气哄哄的——不玩就不玩,有什么了不起,不就是臭知识分子嘛,口是心非!因为小郭刚才明明听见豆豆在家说话的声音。

于是小郭也就毫不客气地警告儿子,以后不许再和豆豆玩,要是让我看见,看我怎么揍你!

之后的日子,倒也相安无事。

这天,放学路上,豆豆正在前面走,皮皮跑上来,拿出一个口哨晃了一下,然后递给豆豆,说是他爸爸做的,声音可大了,让他试试。豆豆觉得很稀罕,皮皮就送给了他,说明天让他爸爸再做一个就是了。

豆豆看皮皮对自己如此好,忙翻出文具盒拿出一个"熊大"的橡皮,说是他舅舅在香港迪尼斯乐园给他买的,他有"熊二"就够了,把"熊大"送给了皮皮。

俩小家伙一路说说笑笑,勾肩搭背地往回走。猛一抬头,到楼下了,小哥俩立马拉开了距离,挤眉弄眼地低声叮嘱对方:回家千万别告诉父母!

飞不了

我居住的小区是个刚开发的楼盘,由于位置较偏,平时买东西很不方便。所幸的是周围是农村,菜农多。渐渐地,小区门口就自发地形成了一个菜市场。因为没有固定摊位,也无专人管理,为争夺地盘,小商小贩们时常会发生口角。

前段时间,小区门口拐角处的角落里,突然来了一个卖核桃的女人。女人四十出头,短发,一口浓重的地方腔。她两边卖菜的都对她颇有微词,说她挤占了她们的地盘。她一边摆弄核桃,一边赔笑说:"出门都不容易,体谅体谅吧,我往后退点,你们摆前面,给我一个巴掌大的出口总可以吧。"就这样,女人在此站住了脚跟。

　　女人所占的地盘小,却很有商业头脑。她把一些形状好的核桃单另挑出来,清理弄净后摆在了一个玻璃盒子里,盒底还铺了一块黄绸布,如此一来,这些精挑细选出来的核桃,立刻显得熠熠生辉,出类拔萃了。盒子里又分成许多小格子,每个格子里摆一个,有五元一枚的,有十元一枚的,还有五十元一枚的。显然,这是卖给那些玩核桃的高端用户的,虽买的人少,但看的人多,无形中便引起围观,有了广告效应。这样一来,她的普通核桃销得很好,一天可以卖掉两大蛇皮袋。据她说,她的核桃是自家产的,有五亩核桃园,因为收购者压价太低,所以她才摆了这个摊点,自产自销。

　　这女人不但卖核桃,还捎带着卖核桃仁,她的核桃仁干净圆整,价钱也算合理,因此买的人比较多,只一会儿工夫就卖完了。一般的小贩都比较精明,会边等生意边在地上砸核桃仁,可这个女人不一样,她卖完了有闲时间也不砸,而是饶有兴趣地和顾客聊天。我笑着说:"你闲着也是闲着,何不再砸一些,多卖些钱呢?"她说城里人爱干净,这里是菜市场,地上脏东西多,看着多不好,估计有的顾客会嫌不卫生。我说:"那你就不怕到手的生意飞了?"女人笑着说:"飞不了。"看她胸有成竹的样子,我说:"比如我现在要一斤核桃仁,你不给我砸,我生气不就到别的地方去买了?"女人说:"我现在不给你,没说明天不给你呀!干净饱满的核桃仁总会有人要的。况且,核桃仁又不是粮食,谁会等米下锅?只要你看上了我的东西,自然就不会计较半天一天的时间的,是吧?"

　　女人的说法确实在理。好东西自然会有人要的。尤其是食品,干净是首要的,女人能够考虑顾客的想法,不急功近利,这倒有别于一般的小贩。于是我有些明白了,她的核桃仁为什么抢手,单是预约,就占了大多数,生意能不好吗。

　　面对我的夸奖,女人笑着说:"将心比心嘛,有了回头客,生意才好做;凡事细水长流,有了活水,才是个长法,是吧?"

　　这个女人让我刮目相看。她虽然没有什么做生意的经验,但她心里有她坚守的一些朴素的信念。尤其她话语里透出来的那份笃定,让人惊讶,不由得让人心生佩服。和这样的女人谈话是一种享受。反正没什么要紧事,我便和她杂七杂八地聊了起来。

　　女人说,她家离这里有三十多里路,她每天早上五点多骑电动三轮过来。晚上回去一切忙完之后,她和丈夫、公公、婆婆就坐在院子里砸核桃仁,一家人聊着家常,比看电视有意思。她说她倒不太担心生意,她操心的是没有摊位,这临时摊位,终究不是长法。她想租个门面,专卖核桃,批零兼售。如果卖得好的话,自家种的核桃不用愁,以后还可以销乡亲们的核桃……

　　听女人展望未来,我的心情也敞亮起来,随即向她预约了两斤核桃仁,说好明天来取。

　　临走,突然想起自己有睡懒觉的习惯,万一来迟了怎么办?

　　女人爽朗地说:"你放心,只要说过了,你的核桃仁就飞不了,绝对!"

　　我一下就笑了,心里说,这个女人真是不简单呀。她豪爽的话语让人听着很是受用,尤其是这个"绝对""飞不了",我喜欢。

多干脆,多自信,斩钉截铁,一诺千金,像是在对我保证,又像是对她自己保证。我相信她的生意会越做越好,我相信她家的日子会红火起来。

墩墩让梨

墩墩四岁,大眼睛,圆脸蛋,虎头虎脑的,甚讨人喜欢。

墩墩的妈妈可是个有知识有文化又争强好胜的人,她常慨叹世风日下,人心不古,物欲横流,人情淡漠,自己的孩子,一定要精心培养。

除了智力开发,墩墩妈妈还重视对墩墩的情商教育,中华民族源远流长的那些美德故事,她更是谨记着要从小启蒙,比如黄香温席的故事,孔融让梨的故事,司马光砸缸的故事呀,她就时常讲起,让孩子懂得感恩,学会分享,要用智慧去帮助别人,以防止长大后成为一个自私自利的人。自私的人多了,社会风气能好到哪里去?

理是这个理。爷爷奶奶嘴上不说,心里觉得墩墩妈有点小题大做,一个还在上幼儿园的孩子,正贪吃贪玩、天真无邪的年龄,你讲那么多的道理,他懂什么?再说了,社会风气那是社会的问题,凭什么自家孙子就要克制,谦让,自找吃亏。随着年龄的增长,一些道理他自然会明白。今非昔比,说那么多华而不实的东西有什么用。

事实上,墩墩妈妈平时工作挺忙的,基本都是爷爷奶奶带,每天晚上回家,自然要耳提面命地教导一番。只可惜,她的那些美德故事一开讲,小家伙就烦了,冲妈妈嚷道:"知道了,知道了,我耳朵都听出茧了!"当然,偶尔心情好,墩墩会滚瓜烂熟地把那些故事背诵一番,赢来阵阵喝彩。墩墩妈的脸上,满是骄傲和自豪。

有付出就有回报,教育是春风化雨、润物无声的过程,谁说小孩子不懂事?真理讲一百遍和一遍能是一回事吗?让墩墩妈欣慰的是,虽说此类故事讲多了墩墩嫌烦,但效果还是有的。家里吃水果,墩墩会挑最大的给奶奶,奶奶喜得满脸开花,把墩墩搂在怀里一个劲地亲:"还是我的乖孙子懂得疼人,奶奶牙不好,吃不了这个,乖乖吃。"

墩墩见奶奶不吃,又献给爷爷、爸爸、妈妈,爷爷、爸爸、妈妈哪里舍得,自然又是一番夸奖。最终,让来让去,那最大最好的水果还是进了墩墩的肚里,可谓亲情融融,皆大欢喜。

这天晚上,墩墩家来了一位亲戚。墩墩妈妈热情款待,忙得不亦乐乎。墩墩扔下手里的玩具,也参与进来,从果盘里抱起一个最大的梨要送给客人,小嘴还挺甜:"阿姨,最大的梨给你吃。"

客人喜得眉开眼笑,连夸墩墩妈教子有方,不简单!现在的孩子呀,唯我独尊,吃独食是家常便饭。这么小的孩子,这么有礼貌,实在是不简单啊……夸完,俯身和蔼地说:"墩墩真乖,谢谢墩墩,阿姨不吃,墩墩吃,啊。"

墩墩妈满脸红光,更执着了:"客气啥,让你吃你就吃呗,也难得孩子一番心意,快吃吧。"

客人就不再推辞,接过梨美美地咬了一口。

没想到,墩墩却哇的一声哭了。睁大眼睛冲着客人嚷:"谁让你吃我的梨了,谁让你吃我的梨了,你这个馋嘴猫阿姨!"

客人被这突如其来的指责臊得满脸通红,一时有些手足无措。

墩墩妈训斥墩墩:"你这孩子,不是你让阿姨吃的吗？干吗又变卦了？"

墩墩振振有词道:"谁让她真吃？谁让她真吃？"

客人这才明白过来,忙借机下台,哄着墩墩说:"哦,阿姨错了,阿姨错了。原来墩墩是在和阿姨做游戏呀！"

心腹心患

大学毕业后,汉强在一家大型超市的采购部门工作。部门王经理赏识他,处处关照他,有时还带他去参加一些重要的商业谈判。对此他暗自庆幸,以为是遇到了贵人,打心眼里对王经理充满了感激之情。

有一次王经理带汉强出差,是为超市采购一批茶叶。与茶老板谈判时,王经理游刃有余,不时和其他同类的茶叶做一比较,委婉地让茶老板做出让步。而汉强想趁机努力表现一番,找出各种理由,拼命压价,锱铢必较。茶老板被他说得面红耳赤,有些招架不住。正当他得意之时,发现王经理的脸色沉了下来。谈判不欢而散。汉强有些无辜地自说:为公司争取利益,难道有什么不妥吗？

晚上,王经理单独找到汉强,递给他一个红包,平静地说:"茶老板给的。"汉强恍然大悟,这不明摆着吃回扣吗。此种损公肥私的行为,公司是严厉禁止的。他有些犹豫。王经理似乎看穿

了他的心思,在他的肩膀上亲昵地拍拍,说:"不用担心,咱兄弟谁跟谁?你不说我不说,阎王神仙也甭想知道。再说了,不拿白不拿,这是潜规则,你慢慢就明白了。"

事情既然已经摊开,他如果不拿,等于与王经理为敌,何况王经理一直把他当兄弟照顾。除了收下红包,他似乎没有别的选择。

此后,王经理每次出去采购都带着汉强,汉强成了王经理的心腹,谈判桌上,他少说多听,至于"合理"的价格,并非越低越好,而是双方"满意"为好。这"满意"的部分,汉强虽然看不惯,却也睁只眼闭只眼,彼此都心照不宣。共同的秘密,把他们的关系拉得更近了。

只是,汉强隐隐地有些担心,怕有朝一日东窗事发。

两年过去,最担心的事情没有发生,却发生了另外一件事,部门王经理升迁了,调到了高层。得知这一消息,汉强兴奋得一夜没睡。他和王经理是铁哥们,王经理高升了,他还能原地踏步?汉强预感到,他的春天就要来临。

不出所料,王经理上任当天,就把手上的部分业务移交给了汉强,并拍着他的肩膀说:"你办事,我放心。"汉强激动得险些跳起来,自己一个职场新人,能得到重用,完全承蒙王经理的照顾。俗话说,士为知己者死。他暗下决心,以后一定要效忠王经理,大展宏图,也好实现自己的人生价值。

同事里,少不了有人嫉妒,说些风凉话。但愈是这样,汉强愈踏实,因为大家都看出来了,他是王经理身边的人。

没多久,传言公司要进行裁员,尤其是采购部门,问题最多,可能要开掉几个。他跑去问王经理,传言得到证实。王经理意味深长地说:"咱俩谁跟谁?你只管安心工作,其余的事不必多想。"

很快,裁员的名额出来了,但人员未定,同事间人心惶惶,说什么的都有,唯独汉强镇定自若。他相信再怎么裁也裁不到自己头上,他可是王经理的心腹之人,无论怎样,王经理也会罩着他的。

星期一公布名单,汉强信心十足,他刚到公司,就被通知去了老总办公室。老总笑眯眯地看着汉强,又是握手又是寒暄,态度很是热情。汉强满脸红光,预感到自己就要升职了,他强装镇定,等待对他的任命。他心里想,这里面一定有王经理的功劳,必定是为他说了很多好话。

哪知老总在对他一番肯定和表扬之后,最后说出的竟是:"对不起,你被辞掉了。"

汉强懵了,感觉就是晴天霹雳,他都不知道是怎样从老总办公室里走出去的。汉强气愤填膺,恨不得立马去找王经理问个究竟。但听说王经理出差了,便打他的手机,关机。

毫无疑问,王经理早有预谋。气愤之下,汉强想去找老总,揭穿王经理的老底。可一想,毕竟自己也参与了那些不光彩的事,抖出来,岂不是自取其辱。

汉强的一段看似前途无量的职场生涯就这样莫名其妙地画上了句号。他垂头丧气地找到我,要和我喝酒,一脸痛苦的表情。

几杯酒下肚,汉强一遍遍地问我:"王经理为什么要踢我出局?为什么?"

我对官场和生意场上的事知之不多,但我知道中国有句古话:伴君如伴虎。常在河边走,要想不湿鞋,就得禁得住诱惑,坚持一些基本的原则。否则,你参与了别人的阴谋,干了见不得人的事,乐观地说,你是人家的心腹;但悲观地说,你又何尝不是人家的心头之患。人家还能容得了你？

忧愁翻身

儿子是北大的高才生。按照物以类聚、人以群分的道理,他的几个好友无不出类拔萃。一个是在美国哈佛大学学生物的王某,一个是在牛津读建筑的张某,还有一个是在中国传媒大学学播音主持的薛某。他们是高中"火箭班"的同学,现天各一方,却在网络交往密切,是无话不说的"四人帮"。时不时,儿子会把他优秀同学的优秀事迹透漏给我,比如,王某的某篇论文在校报上发表了,张某拍摄的一个系列图片上了美国的《国家地理杂志》,还有,薛某怎么去中央台实习了,见到了朱军、董卿等等,听得我眼花缭乱,心里舒坦。虚荣心自然也就上来了:有如此精英的朋友,儿子能不优秀吗——想不优秀也难哦!

心里藏着美,忍不住就要分享。因此,我们几个家长在网络上也有来往,闲暇时聊聊天,谈谈孩子们的事情。所谈最多的当然是孩子们的学业,以及未来事业。

一番胡侃之后,有时也会自嘲,转而谈到生活、家庭、亲情、疾病、人生等等更为漫漶的问题。这样聊着聊着,我们的优越感就低了下来,有时竟低到几个八度,让人不免要叹息,而且心里有了焦虑,议论着这帮优秀的兔崽子将来会不会比他们的老子活得更幸福?

首先我们自嘲养了一代不会干活的少爷。这四个集万千宠爱于一身的精英宝贝,几乎个个在家是衣来伸手,饭来张口,家务不会,脾气不小,家里没粮了都不急的,油瓶子倒了也不扶的。花钱大手大脚,从来没有心疼的感觉,该花的、不该花的,向来意识不清,好像他老子是开银行的。你一说他,他比谁都狂,意思他是绩优股,不过是暂时融资而已,你拥有他应该感到自豪才对。

　　一个话题,就是我们的养老问题。鬼都看得出,甭管这帮孩子将来有没有成就,是绝对不会伺候人的。即便他们将来也做了父母,养儿悟出了父母恩,想伺候,可也得和时间空间商量呀!谁知道他们将来会漂在何方?靠他们养老,是天方夜谭。他们不让老人操心就烧高香偷笑了。

　　王某的父亲说,他儿子去年就曾开诚布公地对他放话,你们老了自己想办法,趁早打算,别到时候对我失望。说得他心里虚慌,有一天竟真偷偷地去了几家养老院,实地考察了一番。王某在美国属于自费留学,学费一年需三十多万,更别说其他花销。张某学建筑,又同时爱好摄影,经常在欧洲各国穿梭,考察古旧建筑,光一年的油费就在三万元以上,至于他买的那一套摄影器材,五万多元,据说还只是中等水平。学播音主持的薛某在国内,花费相对小,然而,这家伙理想不小,还想染指影视,各种乱七八糟的花销下来,一年也在八万上下,已大大超过一个工薪阶层一年的收入。这帮兔崽子,固然扬眉吐气,可如果不是家里有底子,他们能精英到国外去吗?

　　春节时,几个精英先后回到国内,恰逢儿子过生日,便叫着要聚一聚,不在酒店,提出要在家里。我这个家奴便欣然领命,提前三天做准备,拿出十八般武艺,给他们做了八菜四烤,又买来一个欧式的生日蛋糕,然后我就回避了。

　　几小时之后,儿子给我打电话,说,你可以回来了,我们去酒吧飙歌了。

　　回到家里一看，餐桌上一片狼藉：喝过留下一半的啤酒、饮料、瓜子壳，一堆乱七八糟未啃干净的骨头、虾头，烟灰缸里有几块扯下来的油黄的鸡皮，一个小盘子里竟放着几个袖珍的小球，我观察了半天，才明白过来是鹌鹑蛋黄，想必是哪个家伙不吃蛋黄吧。这么小的东西剥出来多不容易，竟然也不嫌麻烦地要剔除掉。

　　再看看碗里，有两个碗里面都剩了不少饭。至于蛋糕，几乎就没有动，但奶油却满桌皆是，想必是闹着玩呢。

　　我一边收拾残局，一边就情不自禁地想起了自己小时候的生活。

　　我一屁股坐下来，开始抽闷烟。

　　我承认，在我的精英儿子过生日的这一天，我是切切实实地感到了一丝失落。但失落到底在哪里？我也说不清。

　　我知道，时代不同了，各个时代有各个时代的活法。并且我也确信，这帮家伙在各个方面的确很优秀，也知书达礼，只不过是不拘小节罢了。可我还是失落。

　　然后我就失眠了。

　　躺在床上，随手翻阅一本杂志，很偶然地，贾樟柯导演的一篇文章：《忧愁上身》，跳入了我的眼睛。我甚至都没看内容，就喜欢上了，脑子里冒出了一股青烟——多好呀，多好的标题！

　　然后我就有点明白了，那是忧愁在翻身。

优雅装修工

新房装修,朋友帮我介绍了个匠人。

初次见面,感觉这中年人比较精神,穿一件淡蓝色的T恤衫,虽然显旧,但配那条乳白色的薄质休闲裤很搭配,一点也看不出是个做粗活的打工者。因此我对他的手艺有点怀疑,怕他是个花拳绣腿的家伙。

可朋友家我是去过的,活确实不错。朋友还说这位姓郭的师傅虽不善言语,但人实在,价格公道。于是我也就没再多考虑,给了他一把新房的钥匙,让他明天动工好了。

因是包工包料,细说了一些具体要求后我就没有再去。

一直到周末,我赶过去,在楼道里正好碰见他。他往楼上扛水泥,身上反穿着一件那种过时的厚涤卡服,蓬头灰脸的,我差点没认出来。

让我吃惊的是,他左肩扛着一袋水泥,右手还挽着半袋沙子。我想帮他把那半袋沙子提上去,他却侧身靠墙,一再催我先走,说这东西脏,一动一身灰。

进屋转看一圈,客厅地砖已基本铺好,其他房间还没动。很快他上来了,把水泥与沙子往地上一放,一边擦汗一边指着脚底的砖,问我铺得咋样。我说,你怎么不请个小工?沙子水泥也自己背。他不好意思地搓搓手,说不会耽搁工期的,让我一万个放心。

其实，我不是嫌他干得慢，只是看其他装修的匠人都雇小工，而他一个人单打独斗，好奇罢了。我知道农村人出来打工不容易，能多挣点就多挣点呗。老实说，我也不着急住，慢工出细活嘛，工期只不过是合同上的一个说法而已。

哪料到，第二天他就带来了一个小工，是个女的，三十岁左右，体型稍胖，但面容清秀。我因为有急事，给他强调了墙上几个预留孔的位置，就匆匆地走了。一直到星期一早上，上班前我赶过去，厨房和卫生间的墙砖马上就要铺好了。他正站在高架上，比画着贴几个不规则的边角。女的仰着头，也不说话，很熟练地给他选切好的砖，然后时机恰好地递给他。突然之间，我意识到，这女的并不是他请的什么小工，而是他老婆。本来我想问，怕他多心，说了几句话就上班去了。

之后每次去，这对夫妇都在无言地干活，配合很默契的样子。一天黄昏，我过去送几样小材料，打开房门，女的正在客厅里洗衣服。女的见我突然进来，有些不自然，轻轻地咳嗽了一声。我问，郭师傅呢？女人不答，脸上难堪。这时，卫生间出声了，马上马上。我这才发现，女的身上穿的是一件淡紫的裙子，头发也亮亮的。我满脑子奇怪，有一种误闯入别人家的错觉。

很快，郭师傅出来了，一只手揉搓着湿乎乎的寸头，一只手不好意思地摸着鼻子。再细看，身上是初次见面的那件淡蓝色T恤衫和乳白色休闲裤，很干净清爽的样子。我顿时明白了，他在卫生间里洗凉水澡。他吞吞吐吐、笨嘴笨舌地给我解释，大致意思是，他洗澡的水，可以从工钱里扣除。

他这样一说，我反而不好意思了。大热天的，不就是洗个澡冲个凉吗，本身干的又是脏活累活。我好奇的是，他们今天收工怎么这么早？而且有必要在临走时换上干净的衣服吗？难道也怕熟人看见？

通常情况下，打工者出来做工，都是穿一身旧衣服，收工回家后再换洗。小区里的工人们都是如此。像他们这样讲究的，我还是头一次见到。为了打破尴尬的气氛，我问女人，是不是在洗工作服？天热，是得勤洗，晾在阳台上，明天一早来刚好就能穿了。

女人看我真没生气，说了实话。女人说他们读初中的女儿今天过生日，他们想早点收工，去超市里给女儿买点东西……

女人的一席话，让我对这对农村夫妇刮目相看了。我想，他们的女儿见到礼物一定会很高兴。更重要的是，她每天看见的是父母衣着体面的样子，这对孩子来说本身就是一个好心情。都说现在的孩子不懂事，可是谁又忍心看着父母一身尘土、满脸疲惫归来的样子。这对夫妇真是心细！

之后的好多天，我都故意收工时去看房子。他们竟然像上班的工人一样准时上下班，下班就换衣，然后一路说笑骑着摩托车离开。他们的这份满足，以及从衣着和精神状态上所表现出来的优雅，让我深感惊讶。

在我们周围，有那么多的办公室一族天天在抱怨日子的乏味、生活的单调，以及工作的无奈，甚至还时不时故意要表现出一种满不在乎吊儿郎当的样子，以此来麻醉、厌恶自己和别人……这个优雅的装修工，让我眼前一亮，打心眼里对他表示敬佩。这与谁是雇主谁是雇员已没有任何关系。

房子装修完，我和郭师傅成了朋友。像当初朋友推荐给我那样，我把他又推荐给了更多的人。

夏日清凉风

夏日的城市如同一个蒸笼,而我就是一个包子,从一个笼屉进入另一个的笼屉,只是为了谋到一份工作。

我在一家饭店打工。老板一再强调,每天早6点,必须准时上班。我只好在餐馆附近租了房子。

出租屋很小,就一张床,一张桌子,除此而外是一地的垃圾。显然,旧租户刚搬走,房东还没来得及打扫。房东是个胖胖的大叔,他眨巴着眼睛告诉我,这一带的居民杂,治安不好,常发生一些乱七八糟的事情。他的语气和眼神极其夸张,似乎是为了表示对我的关心,又似乎是想在我面前竖立一种威望。我一个姑娘家,人生地不熟,只好相信他说的一切都是事实。

出租屋没有窗户,太闷,稍微一动就是一身汗。我敞开门,开始清理房间。在床底的一个纸箱里,我发现了几本旧书和一个苹果绿的小吊扇。这种小吊扇我上职校时曾在宿舍里用过,风儿轻柔,挂在床头上很是实用。我试了试,并没有坏。想必旧租户走时仓促,忘了带走吧。

有一天下班回来,我刚坐下来享受小吊扇的清凉,一个男孩敲门,说他是刚搬走的旧租户,忘了几本书,过来拿一下。男孩长相平平,头发却很时髦。我的心里立即生出几分警惕。毕竟房东告诫过我的,这一带租户杂,社会治安不好。因此,我没让他进门。男孩说,他在一家发廊上班,这家发廊刚开了一家分店,把他派了过去,所以才搬走。我进屋把几本旧书收拾好,把小吊扇拔下来,正准备找一个手提袋给他装起来,他在门外却突兀地问我:屋里热不?

他的这句多余的关怀,让我的警惕心忽然高涨起来。我胳膊张开,下意识地把住门。他嘎然而笑,用我听不太懂的当地语说:看把你吓的,我像坏人吗?这屋没窗,又夕照,我就是问你热不热。

我想他是不是提醒我别忘了还他的小吊扇?他也太小瞧本姑娘了。我一股脑把所有的东西塞给他。正要关门,他却把手提袋里的小吊扇拎了出来。他说,这玩意他不要了,因为他现在的租房里有空调。

我估计他是在吹牛,更怀疑他是不是对我有什么预谋。他的风扇,我不稀罕。我说,你还是拿走吧。他说,这屋里闷,晚上睡觉时开小吊扇刚好,不会感冒,挺实用的。

看得出,他是个心直口快的人。可我不想和一个陌生人有什么瓜葛。我说,你还是拿走吧。

他尴尬地笑笑,自顾自说了起来。他说,他在这个出租屋里住了三年,三年前,他也没有一技之长,就像是一只小蚂蚁,在这个庞大的城市的缝隙里钻来钻去……后来总算学了理发这一行,干得不错,才被老板重用……这三年,幸亏有这把清凉的小吊扇,陪他度过了一个个难熬的夜晚。

看来他有些动情了。我说,那你更应该带走呀!它不是你成长的见证吗?他点头,承认他确实喜欢这把苹果绿的小吊扇。可他接着又告诉我,这小吊扇压根就不是他的,从他住进来时,它就在,估计是前前租户遗留的吧,因此他不能带走,希望我保管下去。

捧着小吊扇，我的心瞬间颤动了一下——这个小东西，它击鼓传花般传到了我的手里，是多么奇妙呀。我暗暗告诫自己，一定要努力工作，干出个样子。未来的某天，当我离开，我也会把这个电扇传递下去的，传给其他的打工者。

雅玲相亲

上大学那阵，雅玲自认为要长相有长相，要身材有身材，各方面条件都不错，对追求自己的小男生们不屑一顾。她总以为有白马王子在前方的某个拐角闪身而出，等着自己。

参加工作她才发现，白马王子兴许有，但无固定场所呀，到哪里才能碰到？身边追求她的人倒是不少，可她总觉得差那么一点。后来她还发现，爱情也讲先来后到，她看上的，人家美女已捷足先登。大苹果红苹果被人挑走，她想筐底总该还有吧，不紧不慢拨拉下去，竟然是一个不如一个。关键是雅玲心里不服气，不甘心，有点较劲的意思，一晃眼，就大龄了，不折不扣地成了剩女。

雅玲不急，可父母急呀。父母忧心忡忡，发动亲戚朋友给雅玲介绍对象，劝她去相亲。雅玲从心底里鄙视这种老派的做法，好像自己没人要似的，要插标贱卖。父母劝，老派的东西不见得就不好，老派婚姻幸福的也不少呀，见个面又不损失什么，面广了自然概率高，缘分这东西，都是瞎碰的。

雅玲不想为难父母，相亲就相吧。其间有几个看上去不错的，处的过程却让她大跌眼镜。结果相亲无数，却败了胃口，越来越没感觉,权当给父母和自己一个交代。

　　三八临近,市妇联要牵头组织一场大型的相亲联谊会,电视报纸上都做了宣传。对于此类菜市场式的相亲,雅玲觉得荒谬。可父母三番五次把报纸压在她的床头,雅玲的心里极难受。真是岁月无情,自己这个昔日的掌上明珠,如今成了家里的难题,把父母弄得愁容满面……想到这些,雅玲心里忽然腾起一股"风萧萧兮易水寒"的悲壮,菜市场就菜市场吧,大不了成为白菜,还能怎么样?她倒要看看,最坏能坏到什么程度。

　　雅玲打起精神来到联谊会现场。好家伙,人头攒动,熙熙攘攘,比招聘会还热闹。她脸一烧,顾不上羞怯,大大方方地闯了进去。

　　雅玲发现,这里面居然还有老人。很快她明白过来,这些左顾右盼、满头华发的老人家,是为子女前来参谋助阵的。有个老人,手里干脆拿一沓照片,见人就发,并不失时机地推销几句……显然当事人没来,是替子女兜售的,俨然街上发小广告的,看着让人心酸。

　　雅玲不忍目睹,匆匆地往人少的地方走去。

　　她找了个偏僻的地方坐下来。她要仔细看看这芸芸众生——这就是自己目前的处境呀。

　　这一看让她吃惊不小,会场里的女的竟然比男的还多。这与现实不符。究竟是为什么?雅玲一时也想不明白。难道男人比女人更不好意思?

　　雅玲仔细观察,男的大多是剩男,女的则未必是剩女。二十出头花枝招展的女孩不少,她们显然有备而来,参加应聘似的,一副斗志昂扬、积极进取的架势,看到不错的男士便大方地冲上去。

　　如此一来,稍微像样点的男士,被美女包围了起来,形成了一

个个局部的漩涡。

雅玲坐不住了,心里无限凄凉。老实说,看上去顺眼的男士不是没有,而是她不想和别人去争去抢。她想立马走人,免得自取其辱。

雅玲刚站起来,一个肥头肥脑的大叔从一堆美女里冲出来,挤到她面前。

大叔四十多岁的样子,衣着考究,一副成功人士的派头,绅士似的一笑,直截了当地对雅玲说:"你看着好面熟。"

雅玲不客气地说:"你不觉得俗套吗?"

男人说:"不俗,真话。"

雅玲说:"你认错人了,我不认识你。"

男人说:"你是来找对象的,我也是来找对象的,有什么话不能好好说。"

雅玲想也是,不再出声,算是默许,看他接下来要怎么说。

男人笑眯眯地说:"你看我怎么样?"

雅玲差点被噎住,这也太露骨了吧。这大叔可真够自信欸。雅玲反倒轻松,看他接下来还能说什么?

男人开始表白:"你别看我胖,以前是个瘦子,身体素质很好。年轻时不懂事,见美女就想追,不追就像是要输给别人似的。到后来美女没追到,年龄不小了,只好退而求其次。我结婚后才发现,容貌算什么,日子过不来那才叫遭罪。我们三天两头吵架,打冷战,把双方家庭弄得鸡飞狗跳,那才叫痛苦……后来我们好不容易离婚了,以为可以重新开始,却一直遇不到合适的……我现在开家小公司,月收入上万,有房有车,条件没说的。"说着,男人掏出一个小本本,是离婚证,递到雅玲眼前,让她验明正身,意思是他说的句句属实。

雅玲懵了,这也太土豪了吧。但另一方面,这土豪虽然吓人,还算诚恳,她说不上有多反感,只是觉得太赤裸裸,让人不好回应。

雅玲说:"我们不过初识,底也交得太早了吧!你就不怕看走眼,再入泥潭?"

男人说:"不会,我了解你。"

"你了解我?"雅玲嘲笑道,"我都不了解我自己,你有特异功能呀!"

男人知道雅玲在讥讽他,却不在乎,反而热情更高涨了。

他说:"我确定,我了解你。"

雅玲苦笑,拔脚要走。

男人说:"就凭你刚才说话的语气,我确定。你大概忘了,你刚参加工作那阵,追你的人多,我就是其中一个。有一天晚上,在天汉酒吧……你好好想想。"

时间太久,雅玲已经记不清那些追过她的人。那是她最风光的时候,心里还有白马王子。对方说得头头是道,看来确实是她青春里飞过的一只蜜蜂。

这——难道不是讽刺吗?

难道是另一种缘分吗?

雅玲看着眼前这个发福的男人,不由得热泪盈眶,有一种时光交错且碰杯的幻觉。

小青的哭泣

那天,我和我的朋友小蛇青儿出去玩耍。

青儿胆小地跟在我的后面,她左顾右盼,对我前方的人群很是恐惧,她缠住我的脚,意思让我把她抱起来。可我不想让她继续胆小下去,青儿自小就没有了妈妈,据她说,是被一个捕蛇者抓走的。当时情况危急,妈妈把小青挡在身后,竖起了脖子。可那个捕蛇人显然很有经验,他想把她们全部抓走。他像个魔术师一样,手里拿着一根明亮的铁钩,在妈妈的眼前晃来晃去。

小青从来没见过这样的阵势,她恐惧极了,忍不住想往妈妈的怀里钻。可妈妈用尾巴狠狠地把她往后一扫,让她快跑,朝树林里跑。小青就拼命地跑了起来。当她躲进灌木里,探出头来,妈妈已经不见了,而那个男人的手里正提着一个布袋。

后来,我是在花园里碰到小青的。她看我是个小孩,对她没有敌意,我们就成了好朋友。

既然小青对人群感到害怕,那就到树林里去玩吧。我在前面跑,小青飞速地追上来,在我的脚边盘旋着,她灵巧极了,似乎故意要让我踩她,我却怎么也踩不着。我们就这样在草地上游戏起来,玩了很长时间,直到后来累了,我一屁股坐在草地上,双手撑到身后,仰看着天上的白云。

我一转头,小青不见了。怕她出意外,我在草地上寻找。

当我走到一棵树下,一抬头,小青正挂在树上对我笑呢。原来她是故意急我,看我对她关心不。我说,小青,你为什么要爬到树上去呢?草地上不很好玩吗?

小青说,树上更安全呀。

我明白了,小青的心里还是有着对人类的恐惧。

我安慰她说,这里没有其他人,下来玩吧,草地上多软和,我都想躺着睡觉了。

小青却不愿下来,她说她想妈妈了。她想爬得高一些,看能不能看见妈妈。

我能体会到小青心里的难受,便蹬着树杈爬上树,和小青并排坐在一根不错的树枝上。为了能让小青高兴起来,我给小青讲熊大熊二的动画片,可小青显然不感兴趣,她没有回应我,而是抬起头来继续望着远方。小青说,她不知道妈妈还是否活着?

听大人们说,蛇被捕蛇人抓住,一般会卖到餐馆酒楼,或是泡药酒,好一点的会卖到动物园、展览馆。可小青如此难受,我敢实话实说吗?说出来,岂不是在小青的伤口上撒盐。

对于小青妈妈凶多吉少的命运,我深表同情,却又无能为力。

我开始意识到,人心里难受的时候,别人其实是很难安慰的。

于是我就保持沉默。既然小青想妈妈了,就让她静静地想吧。我陪着她,坐在她身边,双腿无所事事地晃荡起来……

突然,我看见斜前方的一丛灌木里有一根红带子,我以为是哪个学生的红领巾,被谁恶作剧地藏了起来。我告诉小青,我去去就来。然后我溜下树,去灌木里寻找。回到地上,视线受阻,目标不见了,我找来找去,就是不见"红领巾"。我以为我看错了,但又不甘心,于是猫着腰在灌木里逡巡。

不知什么时候,小青来到了我的身边。她说,她嗅到了什么。我一个激灵,意识到可能会有危险。这里阴暗潮湿,小青是蛇,嗅

觉灵敏,她说的话,一定是真的。也就是说,周围一定有什么吓人的东西。我首先想到的就是蛇,毒蛇。可我不好意思当着小青的面说出来。我说,小青,咱们走吧,这里危险。小青不,说有毒蛇她也不走,她心跳得厉害,不是害怕,而是激动。她说她有一种直觉,妈妈就在附近,一定在附近,因为她闻到了一股熟悉的气味。

我的心稍微安定下来。毕竟,我和小青是好朋友,如果真是小青的妈妈,无论她是不是毒蛇,小青都会保护我。我们的友谊,使我对小青有着足够的信任。小青一定会劝妈妈,她妈妈也一定会看在小青的份上,对我网开一面的。即便小青的妈妈和人类有仇,即便我也是人,我相信小青不会丢下我不管的。

我说,那好吧,我陪你一起来找吧,但愿你的妈妈能平安回来。

小青在我的脚边蹭了一下,飞速地蹿向了灌木深处,我猫着腰,在后面紧跟,耳边是树叶的沙沙声,让我觉得恐怖,但又义不容辞。我们在灌木丛里钻来钻去,却没有发现什么东西。我刚才坐在树上看见的那条"红领巾",也一直没有出现。

我问小青,你妈妈穿什么颜色的衣服。小青说,我是妈妈的女儿,我是青色的,妈妈自然也是青色了。她让我多留意这个颜色,不要只看树根,在树枝间也找找,尤其是树叶间,青色和绿色很容易混淆的。

我认为小青说的话在理。我壮着胆,用手臂把灌木丛拨开。

突然,我看见,看见了"红领巾"。我激动地说,小青,快来,这里有一条"红领巾"。

小青一个箭步蹿过去,快如闪电,几乎是飞了过去,扑到了"红领巾"的身上。我不明白,小青为什么对"红领巾"感兴趣,难道,她忘记了她的妈妈。

等我细看,才发现这"红领巾"原来是一条蛇。怪不得小青如此迫切,原来她看见了同类。

我说,小青,咱们走吧。小心她咬你。

小青不说话,继续扑在那条红蛇身上,紧紧地抱住,嘴巴在那红蛇的身上狂热地吻着。

我说,小青,咱们走吧。你妈妈是青色的,她不是你妈妈。

小青哇的一声哭了,她悲伤喊道:妈妈,妈妈,妈妈。

我说,小青,咱们走吧。你妈妈肯定在别的地方,肯定还活着。小青你别难过了。

小青继续喊道:妈妈,妈妈,你怎么成了这么一副模样?妈妈。

这是一条死去的蛇,就这么挂在树枝上,一动不动,任凭小青怎么哭泣,也无动于衷。这条像"红领巾"一样漂亮的蛇,永远不能再飘动了。

我安慰小青说,你妈妈肯定在别的地方,肯定还活着。小青别难过了,她不是你妈妈,我们还是走吧。

小青号哭道:她就是我妈妈,就是我妈妈。我妈妈死了,我妈妈死了。我再也没有妈妈了。

悲伤使小青失去了理智。我不再劝她,就当这"红领巾"是她妈妈吧。她哭一场,兴许会好受一些。有妈的孩子像块宝,没妈的孩子像棵草,歌里不是一直这样唱吗?我不敢唱出声,在心里默默地为小青难过。小青是个孤儿,我一定会好好待她,保护她,和她做好朋友。

后来有一天,我看了一本书,才明白小青那天说的并不是胡话。小青的妈妈,必定是被人泡了药酒,而且是那种加了色素的丹参酒。药效泡完后,小青的妈妈就成了一条不能再食用的红色

垃圾,被彻底扔掉了。

如此残酷的事情,我又怎么忍心告诉小青?

我坚定地对小青说,你不过是想妈妈想疯了,不过是错觉而已。你的妈妈是青色的,而那条蛇是红色的,这是千真万确的事实,你应该相信,你的妈妈一定在别的地方,一定还活着。

小青摇头,一副痛苦的表情。她喃喃道,她的嗅觉不会错的,不会错的。

最终,哭泣的小青睡着了。看着她可怜的模样,我忍不住想,她会在梦里梦见什么?如果我能进入她的梦境,我想替小青在梦里说:但愿妈妈去了伊甸园。

蛇奶奶

乡间一直有个说法,说我奶奶是蛇变的。

我爷爷早年是个木匠,他十八岁那年,还是个学徒,跟着师傅去给一个大户人家打家具。中午时分,两个人把木料绑在大树上扯大锯,一不小心,把锯条折断了,师傅让我爷爷去金水镇上买,二十多里的山路,回来时天已经黑了。爷爷高高低低地走着,突然脚腕上被什么东西刺了一下,借着月光一看,是一条花红蛇。这种蛇毒性不大,爷爷倒不害怕,只是被吓了一跳,不由怒火中烧,举起锯片,要向花红蛇砍去。在锯片就要落下的一霎那,我爷爷突然心生慈悲,想毕竟是自己不小心踩到了蛇,蛇不过是本能地反抗罢了。

爷爷这一迟疑,蛇逃走了。爷爷又走了一段路,却感觉不妙,头昏眼花,四肢无力,然后就在路边晕倒了。

爷爷醒来,见自己躺在一间茅草屋里。天已大亮,一位姑娘守在他身边,正蹲在地上埋头在一个石臼里砸草药哩。爷爷觉得奇怪,问,你是谁呀?这是什么地方?

姑娘回过脸笑着说,这是红花铺呀,你晕在了路边,我把你扶了回来。

姑娘这一说,爷爷明白了,红花铺的山梁上,是有一间茅屋,里面住着一位老人和一个女孩。他之前听师傅说过,老人是个赤脚郎中,女孩是他孙女。爷爷起身谢过姑娘,试了试,脚上还能用力,告辞姑娘,要上路了,师傅还等着呢。

姑娘说,使不得,毒性还没散去,一走会更严重,你告诉我地方,锯条我帮你送去就是了。

爷爷谢过姑娘,只好重新卧倒。

姑娘给爷爷换了草药,让他躺好休息,给他煮了一碗红苕稀饭,放在床头的桌子上,然后便上路帮爷爷送锯条去了。

就这样,我爷爷和这位姑娘好上了,后来媒人出面促成了这门婚事。

这媒人,就是我爷爷的师傅。

新婚之夜,我爷爷发现,我奶奶大腿上有一个不小的胎记,紫色,又杂着红色酱色,而且不是常见的点团状,是蜿蜒的细条形,就像是一条弯弯曲曲的小蛇,挺吓人的。我爷爷虽然吃惊,也没放在心上。之后,爷爷就勤勤恳恳和我奶奶过起了老百姓的平常日子。

我奶奶过门不久,她的爷爷,也就是那个赤脚郎中,突然就失踪了,没有了音信。有传言说是去四川峨眉山游学去了,有说是

在外边碰到了土匪，遭遇了不测。

两年后，我爷爷的师傅得了一场疟疾，很快不治身亡。我爷爷便自立门户，独立出去接活干活了。

村里的一个地主，看我奶奶长得漂亮，我爷爷又时常在外，便打起了歪主意，多次纠缠我奶奶。

有一次，地主把我奶奶堵在了屋里，要干坏事。我奶奶情急之下，咬了他一口。第二天，那地主便暴病身亡。地主的老婆不愿意，说我奶奶毒死了她丈夫，要扭送官府。民国年间，军阀混战，国家乱得一团糟，哪里有人来管这扯不清的花花事。

地主的老婆拿我奶奶没办法。她找来了他的弟弟，狮子岭上的一个小土匪。

小土匪把我爷爷绑架到狮子岭，放话到村里，说要把我爷爷开膛破肚，替他姐夫报仇。

我奶奶赶到土匪窝，表示愿意用钱赎回我爷爷。可土匪开出的条件是，放人可以，但我奶奶得留下，至少得留三天。

我奶奶咬咬牙，留下了，让我爷爷远走高飞。

我爷爷走后，土匪头子看上了我奶奶，要她当压寨夫人。我奶奶不答应，土匪头子亮出了枪。我奶奶说行，那你得先崩了那个小土匪。地主老婆的弟弟，还没明白害人害己的道理，就这样稀里糊涂丢掉了性命。

大喜的那天，狮子岭上张灯结彩，我奶奶穿一身水红裙子，再罩一件貂蝉披风，站在高台上，面容平静，神态安详，把土匪们一个个看得目瞪口呆，纷纷下跪。

土匪头子好不高兴，他想不到我奶奶有如此气势，看来是天赐良缘，专门派来帮他的，注定要在狮子岭上风光下去的。

土匪头子高兴，但他耳闻我奶奶嘴巴厉害，入洞房时，他忽地给我奶奶罩了一块红绸头套。

土匪头子扒光我奶奶的衣服,他被我奶奶大腿上的胎记吓了一跳,但同时又欲火中烧,迫不及待。为保险起见,他用布带把我奶奶的手脚绑了起来。

土匪头子以为如此就万无一失,可他刚爬到我奶奶身上,我奶奶头一仰,一口就咬住了他的鼻子,隔着红绸头套,一样是咬得又准又狠。

我奶奶翻身起来,谎称要吃夜宵,尾随着买夜宵的土匪离开了狮子岭。

买夜宵的土匪回来,把夜宵放在门口不敢惊扰,悄然退下。第二天天亮,才发现他们的头目已断气,而美丽的压寨夫人,神奇地消失了。

土匪窝里乱成了一锅粥,树倒猢狲散,纷纷回家种田去了。

我爷爷一个月后回到村里,听说了此事,以为土匪要报复,不敢在褒河待了,连夜离开村子,过武乡,经汉王,转过文川到橘园,最终在神仙村定居下来。

我爷爷走时,告诉村里人,如果我奶奶哪天回去,到升仙村会和就是了。

我爷爷就这样一直等,但一直也没等到我奶奶。

倒是有人传开了,说我奶奶是蛇精。要不,她大腿上怎么有蛇形的胎记?要不,她怎么咬谁谁死呢?

也有人说我奶奶杀了土匪不敢回村,流浪去了。后来碰见红军,当了女兵,死在了长征途中。

还有人说我奶奶从狮子岭上下来,知道本地不宜久留,一路辗转去了四川峨眉山,找他赤脚郎中的爷爷去了。

这所有的说法,不过是说法而已,我爷爷一样也不信,他就盼

着我奶奶能回来。我奶奶回来了,一切则真相大白。

因为等我奶奶,我爷爷一直没有再娶。后来年龄大了,实在等不到我奶奶,就收养了一个孤儿。那个孤儿就是我爸爸。于是我就有了这么一个被传得神乎其神的蛇奶奶。

哑　狗

王小强家在汉江河边的沙地上种了一大片西瓜。

这年暑假,父亲去外地卖瓜。晚上,王小强便独自去窝棚里看守。按说,现在人们生活水平好了,偷瓜的人不会多。可一旦没人去守,西瓜肯定是会被糟蹋不少的。

汉江河床宽广,且远离村庄,即便是离108国道也有一段距离。晚上,风一吹,树林和茅草窸窸窣窣的,还真有点吓人。起初,王小强还点起蜡烛在窝棚里看书,以打发寂寥的时光。可有一天晚上,他正在看书,一种奇怪的声音把他惊醒了。他以为是偷瓜贼,拿起铁锹才准备出窝棚,一个黑影欻地一下蹿走了,动作极其敏捷,不像是人,但究竟是什么,王小强也说不上来。突然,他想到,会不会是狼?这个想法把他吓了一大跳。从此之后,每到晚上他都提心吊胆,再也没有心情点蜡烛看书了。他机警地猫在窝棚里,不敢让自己睡得太沉。

几天之后的一个半夜,王小强又听见了那奇怪的声音。他正犹豫着要不要出窝棚看看,突然,他听见了机动车的声音。王小强意识到,是遇到真正的偷瓜贼了。王小强手拿铁锹冲出去,大声喝问。夜色里,好像有三四个人的样子,他们看王小强一个半大孩子,并没有逃跑的意思,而是继续大模大样地往车上抱西瓜。王小强冲过去,正欲制止,却被一个健壮的男子干脆利索地放倒了。他夺走王小强手里的铁锹,还恶狠狠地在他的身上踹了一脚。

王小强疼痛难忍,毫无反抗之力。就在这时,一个黑影簌地蹿了过来,咬住了那男人的手。紧接着,那男子惨叫一声,一帮人仓皇地逃窜了。

王小强仔细一看,是一条狗。

有意思的是,这条的狗的两只耳朵不见了,它静静地看着王小强,友好地对他摇尾巴。王小强挣扎着来到窝棚,给它喂了一些他吃剩下的油饼,以表达对它的感谢。

之后的每个晚上,那条狗都会来陪王小强守夜,陪他在夜空里数星星,或是在沙地上散步。奇怪的是,这条狗白天的时候从来都不见影踪,只有天黑了,才不知从什么地方突然冒了出来。

这条没耳朵的狗看上去有些丑,然而极其通人性,王小强的一举一动,它都心领神会。很快,他们成了好伙伴。它习惯一声不吭地蹲在王小强的对面,静静地注视着他的一举一动。寂寥的长夜,它便成了王小强忠实的听众。他给它讲心思,讲家里、村里、学校里的事。而狗呢,就那么专心致志地蹲着,就像是一个饶有兴趣的低年级的学生。

让王小强感到纳闷是,这条狗从来都不怎么叫。狗不叫,还叫狗吗?这条狗太安静了,让王小强觉得奇怪。月色好的时候,他们会在沙地上戏耍,追赶,打滚或是疯闹,可即便这样兴奋的时刻,这只狗依然不叫,只是用嘴扯他,围着他跳来跳去,就跟一团影子似的,虽然敏捷,但总觉得有点不对劲。

由此王小强断定,它是一条哑巴狗吧。人有哑巴,莫非狗也有这种残疾?它这样丑,又是哑巴,肯定是被主人抛弃了的流浪狗。要不,它为什么只在夜晚才出现呢?估计是怕遭受厌恶和嫌弃吧。王小强想,等父亲卖瓜回来,他要劝说父亲收养这条狗。

　　半个月之后,父亲回来了,王小强也开学了。

　　王小强上初中,要住校,一周回来一次。

　　周末,王小强回到家里,向父亲谈起了收养哑狗的事。父亲说,什么哑狗?王小强说,就是我给你说过的那条救了我的狗呀!它不天天晚上往我们窝棚跑吗?

　　父亲说他没见过。这天下哪有什么哑巴狗?

　　王小强更奇怪了,给父亲详细描述前后的经过,并一再强调说,就是那条没有耳朵的哑巴狗呀!

　　父亲听着听着,有点明白了。他吃惊地看着儿子,嘴张得比馒头还大。

　　不错,他是见过一条没有耳朵的狗。可是,在他看见时,它就已经死了。

　　父亲说,那是个风雨交加的夜晚,他因为要回村取样东西,在穿过108国道时,他看见一辆大卡车开了过来。他站在一边等,忽然有条狗从玉米地里蹿了出来,跑上了公路。他以为那狗会跑过去的,结果卡车并没有减速,结果把那条狗活活地碾死了。

　　那残忍的一幕,他不想再看。他正准备走,只见卡车司机下了车,把狗拎起来,打算往车上扔,还高兴地和车上的人说,回去吃狗肉哟!

　　他气愤之极,大喊着奔过去,司机以为他是狗的主人,慌忙扔掉开车逃跑了。

　　他看着地上的狗,肚子破了,耳朵也碾没了,样子惨不忍睹。

他把那条狗带到瓜地,挖了个坑埋了。

父亲讲完,匪夷所思地问小强,你真的看见了那条没耳朵的狗?还救了你?还陪你玩?

王小强一个劲点头。他说不出一句话,因为他早已泪流满面。

两只跳蚤

猪圈里,一只肥猪在打盹,两只小猪在拱土。

肥猪的耳朵里,有两只跳蚤在聊天。

他们先是谈论天气,谈论雾霾,后来谈到了健康问题。说现在转基因的东西越来越多,怪病越来越多,传染病也越来越厉害,小小的禽流感,就把世界搞得很恐慌。如今人类都很注重营养和保健,我们虱子也应该更新观念,与时俱进……健康是人生最大的财富,长寿是世间最美的银行!

两只跳蚤,恰恰一胖一瘦。说着说着,胖跳蚤骄傲地说:"你看我长得多壮,脸色多红润!"

瘦跳蚤撇撇嘴:"你那是潮红,虚胖,你健康?你有我灵活吗?我一口气能翻100个跟斗,你行吗?"

胖跳蚤生气了:"你健康?你有我劲大吗?不信咱们比试比试。"

瘦跳蚤不再吭声,很快转移了话题。

它们开始谈论美味的食品——猪血。

胖跳蚤说:"肥猪的血好,营养丰富,免疫力也高,还能美容。"

瘦跳蚤说:"那不见得,瘦猪的血吃了不得高血压、高血脂、高血糖,人类不也正以瘦为美吗?"

胖跳蚤没好气地说:"行了行了,你那是嫉妒,芦柴棒!"

不可避免地,一场闲谈,最终沦为了一场带有人身攻击的口水战。争着争着,两个家伙还动起了拳脚。

好在,一位年迈的跳蚤走了过来,制止了事态的发展。

老跳蚤威严地说:"都给我住手,有话好好说。有理不在声音大,无理不在拳头小。健康和长寿,是个严肃的话题,直接关乎我们跳蚤家族的兴旺,我们必须经过周密的调查,然后在全面分析的基础上,冷静地、客观地、与时俱进地来看待和认识这个重要的问题……"

两个跳蚤听得昏昏欲睡,只想打瞌睡。

瘦跳蚤机灵,看老跳蚤比自己还瘦,机智地打岔道:"爷爷呀,我们不争了,听你的。你给个结论——你说肥猪的血好,还是瘦猪的血好?"

老跳蚤看出了瘦跳蚤的心眼,为难地说:"这个吗?我觉得健康和长寿,不仅仅是胖瘦问题,我们要一分为二地、正反两面地、全面地、辩证地来看待这个重要的问题……"

两个跳蚤又开始打瞌睡。胖跳蚤脾气躁,实在是无法忍受这样的官话、套话、车轱辘话,他拱手作揖道:"求您了,爷爷,别讲课了,干脆点,给个结论吧——肥猪的血,瘦猪的血,哪个好?"

老跳蚤还在犹豫思量。胖跳蚤胜券在握地笑了,他机智地说:"爷爷,如果你老人家认为肥猪的血好,我自然高兴;如果你老人家认为瘦猪的血好,我更高兴——我先谢谢你们了,以后把肥猪都让给我,行不?"

老跳蚤乐了,这小子可真滑头,玩逻辑游戏。老跳蚤说:"其实我像你们这么年轻的时候也喜欢肥猪。肥猪的血味道甘美,营养丰富,自然是好,可问题是,猪一肥,就命运难卜,谁知道会在什么时候被拖出去,一刀宰杀,开锅烫毛。到那时,我们跳蚤岂不哀哉!"

胖跳蚤说:"这不简单,跑了不就是了。"

"开玩笑!"瘦跳蚤尖声道,"你那么胖,你跑得动吗?"

老跳蚤哈哈大笑地说:"娃娃们,这下你们明白了吧,无论我们谈论得多么长远,多么天花乱坠,保命最重要。"

肥猪一直没动,他听到了跳蚤们的谈话,便愤怒地站了起来,向对面的墙上猛烈地撞去。

珍珠的味道

下雨了。

一只猫到檐下躲雨。他趴在窗台上,眯着眼,准备睡觉。

这时,飞来了一只黄鹂鸟,歇在院子里的一根铁丝上,兴奋地唱起了歌。

猫说:"黄鹂鸟,快走开,你没看见我在睡觉吗?"

黄鹂鸟假装没听见,继续唱歌,并缓慢地荡起了秋千。

猫生气了,说:"你高兴什么?这样乏味的雨天,你为何不回家去睡觉?你再吵,我就对你不客气了。"说着,喵呜一声,拱起

背,竖起尾巴,龇牙咧嘴做出一副凶相。

黄鹂鸟便不再唱歌,倒不是怕他,只是觉得没有必要和他一般见识。在这样清新凉爽的细雨天,和一只猫吵架,多少会让人扫兴。

黄鹂鸟不再歌唱,可她依然按捺不住心中的喜悦。她缓缓地抬起纤细的脚丫,在铁丝上走起了钢丝,轻手轻脚的样子,像一个小姑娘在训练杂技。她不时张开翅膀,有惊无险地保持身体的平衡。

猫睁大了眼,觉得很好奇。

因为黄鹂鸟不但走钢丝,还玩起了一种难度极高的游戏。每走几步,黄鹂鸟会小心翼翼地俯下身来,轻轻地低下头,弯曲脖,然后静止几秒,将身体稳住,极其努力地用小巧的喙,去衔取那铁丝上悬挂着的晶莹的水珠。

猫忍不住问:"黄鹂鸟,你在干什么?"

黄鹂鸟说:"我在摘珍珠吃呀。你看看,这么多的珍珠挂成一排,多漂亮!"

猫说:"亏你想得出,不就是一滴滴水吗?水谁没喝过?"嘴里这么说,心里还是被黄鹂鸟的游戏打动了,猫挺起身子,毫无睡意。无疑,他也喜欢上了那一颗颗悬挂着的晶莹的雨滴,就好像是一颗颗透明的葡萄。

黄鹂鸟说:"过来吧,猫,别吃不到葡萄说葡萄酸。你站在下面,我给你摘,你张大嘴,在下面接,好不好?"

猫"喵呜"一声,从窗台上跳下去,和黄鹂鸟玩起了吃珍珠的游戏。有好多次,猫都失败了,那晶亮的珍珠不是砸在他的鼻尖上,就是胡子上,弄得他满脸飞沫,很是狼狈。可他觉得这游戏很好玩,就像是采槟榔,黄鹂鸟在树上认真地摘,他在下面左扑右跳地接,接不住,也是稀里哗啦的笑。

经过多次配合,猫终于吃到了一粒珍珠,滑滑的,凉凉的,甜甜的,像樱桃,像荔枝,像果冻,反正有说不出的美妙。猫咂巴着嘴,喵呜一声叫,竖起尾巴,跳跃着,绕院三圈,似乎拿了奥运冠军,举着旗杆,在绕场庆贺哩。

黄鹂鸟婉转地叫,拍着翅膀为猫鼓掌。

整个下午,他们都在细雨里游戏,乐此不疲。

后来,猫还邀请黄鹂鸟站在他竖起的尾巴上,玩起了另一种新奇的游戏。

黄鹂鸟说:"猫,珍珠好吃吗?"

猫故意摇摇头,"喵呜喵呜"地叫。

猫当然清楚,这所谓的珍珠,只不过是一滴一滴的水。猫以前喝过无数的水,可他从来没有喝得像今天这样别致,开心。

猫长这么大,只见过鱼,听说过河蚌,从未见过珍珠,也许永远也不会见到。

但他确信,自己已经尝到了珍珠的味道,并永远记住了那个雨天,记住了那个和他只有一面之交的可爱的黄鹂鸟。

给孩子一个跑马的通道

处于青春期的孩子逆反心理都很强,你越"教育"她,她越不服,把自己放牧得像一匹桀骜不驯的马。

女儿就是这样的"疯丫头",遇事易激动,针锋相对,情绪化

很浓,就仿佛整个世界都在和她作对,因此很容易出现过激的言语和行为。

就说去年的某天吧,女儿放学回来,一脸的不高兴。我问怎么回事?女儿喊了一声"菜包子",冲进卧室,啪地摔上了门。

"菜包子"是女儿的同桌,她们以前关系挺好的,我猜他们之间闹了什么别扭,或是发生了什么不愉快的事情。看她气愤填膺的样子,我想,这种时候劝她讲再多的道理恐怕她也听不进去。于是,我灵机一动,将一个精美的笔记本放到她的桌子上,轻声地说:公主呀,受委屈了是吧,如果你觉得难受,发泄出来就好了,就当"菜包子"现在就坐在你的对面,把你所有想反驳她的话说给她听吧。

女儿吃惊地看看我,没有表示什么。等我走后,把笔记本抱在了怀里。

第二天,我偷偷去翻看,不禁哑然失笑,不过是"菜包子"看她长得高,又瘦,给她起了个外号,叫"豆芽菜"。女儿洋洋洒洒写了好几页,在空隙处还画了一幅漫画,当然是美化自己,丑化"菜包子"的,把"菜包子"的身体画得像坛子,脸上还画了雀斑,头发像扫帚。至于文字,更是充满孩子气,有些胡言乱语。然而女儿的心情,明显好多了。

一周后的某天,女儿放学回来,眉飞色舞地对我说,她和"菜包子"齐心协力地办了一期黑板报,超漂亮,受到了老师和同学们的表扬。女儿说得眉飞色舞,喜悦之情溢于言表。

我挤着眼睛说,你不生"菜包子"的气了?

女儿脸一红,头发一甩:"你女儿是那种小肚鸡肠的人吗?"

又过了一段时间,女儿和他前排的一个男生发生了矛盾,那男孩个子比她高,凳子也比她高,她偷偷地把凳子换了一下,男生发现后又换了回去。女儿又换过来。男生再来换时,她把凳子摔了出去,说个子高还坐高凳子,还让不让后面的人活了？这公平吗?!

男生说,你不服气,找老师给你调座位好了,你偷凳子干什么？

一个"偷"字,把女儿惹毛了,拽着男生的胳膊要去找校长理论。幸亏班主任过来了,事情才没闹大。

回家后,女儿的牢骚依然很盛,说她最见不得小家子气的男生,锱铢必较就像个老鼠。看女儿火气很旺,我没有劝她,只是说她的比喻还相当精彩,有阅人的天赋。然后我把那个笔记本放在她的桌子上,给她做好吃的去了。

我走后,她当仁不让,奋笔疾书,转眼之间就写了八页。

吃晚饭时,我笑着说:"女兵同志,你的战斗力还蛮强嘛,一番枪林弹雨之后,是不是舒服多了？"

女儿点头,欣然道:"爸呀,你还真有一套。别说,这种用日记发泄的方法,还真不错！解恨,所向披靡,而且环保,避免误伤。"

女儿一边说,一边手拿筷子,转来转去的,仿佛一个武功高强的女侠。我心想,女儿在日记里发泄时,大概就是这样畅快淋漓吧。

女儿的话,让我很是惊讶,她一个初中生,气愤填膺之后,分析问题还是挺客观的,而且也有见解。比如,她对发泄日记"解恨""环保"的认识,出乎我的意料。我仅仅给了她一个空白的本子,并没有讲什么,她自己就悟到了这种"泄洪"的好处。

这个了悟,使我意识到自我清洁的重要性。和女儿交流时,我不再那么滔滔不绝了,而是耐心倾听,尽量让她自己去寻找回声，这比我喊十遍八遍都管用。

从此之后，女儿有什么不开心的事情，就会在那个日记本上写写画画。经她同意后，有时我也会翻翻。当然都是些琐碎的小事，比如谁背后说了她的坏话，比如谁冤枉了她，再比如语文课上和老师辩论了什么。当时认为天大的事情，时过境迁之后，连女儿自己也觉得可笑，当初怎么动那么大的肝火？

渐渐地，女儿不单用日记来发泄，字里行间也有了对身边事物的看法，以及兴趣、爱好、理想等等。通过记日记，女儿变得细腻了、宽容了，也有了爱思索的习惯，和以前那个"疯丫头"的形象，已是判若两人。

女儿生日那天，她衷心地对我说："老爸呀，谢谢你给了我一个空白的日记本，让我养成了记日记的习惯；谢谢你给我的野马的青春，留出了一个跑马的通道！"

女儿能说出这样的话，作为父亲，无疑我是幸福的。

我们是彼此的宠物

就我个人来说，由于小时候得到的父爱很少，对于女儿，我格外疼爱。女儿出生后，完全由我和妻子一手带大。在女儿上幼儿园前，我要求一直上夜班，和妻子倒着照顾孩子。夜班比白班辛苦多了，说起来有些吃亏，但为了女儿，我心甘情愿。

记得女儿三岁时，腊月天，先是妻子感冒了，接着是女儿，接着是我。小孩一发烧，大人心里就发毛。我下了夜班，还得带女儿去打点滴,然后再抱着她去市场上买菜,想着怎样弄点适合她吃的东西,好增加点抵抗力。我自己,偏着头(为了不把有病菌的气体呼到她脸上)咳嗽着,简直可以说是身重如铁,可我心里担心的还是女儿,希望她能赶快退烧。

现在回想起来,那是最艰难的一段岁月,但比之女儿的健康成长,那点苦又算得了什么。我一直以为,一个被人疼爱的孩子是幸福的;一个疼爱孩子的人也是幸福的。我甚至在多种场合强调:爱孩子的人是有福的。这"福气"并非出于养儿防老的目的,不在将来,就在现在养的过程之中。虽然辛苦,有诸多操心的事情,但也带来乐趣,更主要是责任,有一个"秤砣"压着,家庭的天平才不会剧烈摇晃。孩子的纽带作用,是任何东西都不能替代的,是一个家庭的殊荣。

有意思的是,女儿经常让我讲她小时候的事情,她在幼儿园的趣事,干过哪些坏事,和小朋友们是怎么胡闹的……在她看来,那是有根据的,让她觉得自己是重要的,是被父母宠爱的。

女儿喜欢小动物。这个我理解,我小时候也喜欢小猫小狗。只是城市居住条件有限,无法满足她。我们养过金鱼,养过乌龟,养过仓鼠,养过画眉,虽然最终都以失败告终,但其中的乐趣,也进入回忆。

女儿一直渴望养一条狗,但我家在六楼,每天早出晚归,家里没人,也没有那个精力。我告诉她,条件不具备,等以后我们把老家的旧房翻修一下,在那里养吧。女儿认为我在敷衍她,一直不高兴。

女儿上了六年级,她不止一次对我说,班里许多同学家里都养有宠物狗,人家也是楼房,也上班……让我也买一只,她闲了也可以遛遛狗,免得被同学们笑话。

我说:"各家条件不一样,你老爸为培养你多辛苦,哪有时间和精力去养狗?小孩子家,不好好学习,净比些没名堂的东西,虚荣!"

被我批评后,女儿不再说什么,但心里还是羡慕那些家里养有宠物狗的同学。

有一天晚饭后,我们在滨江路上散步。我们手挽手,边走边聊,迎面碰见她的一位女同学和其家长。那位女同学手里牵着一条穿着时髦的鹿犬,看见女儿后热情打招呼,并用优越感超强的语气说:"来来来,你不是喜欢宠物狗嘛,我让你遛一遛。"

女儿头一歪,干脆地说:"不用了,我家有。"

然后我们就分手走了。

那同学一走远,我逗女儿说:"你还真会说谎,有骨气。"

女儿争辩道:"我哪里说谎了,我说的是事实嘛。"

女儿认真的样子,让我摸不着头脑。我说:"小兔崽子,你是不是偷偷地买什么了?"

女儿扑哧一笑说:"现成的,哪里用得着去买。我手里牵着的,不就是宠物嘛,遛一遛多好!"

我当即被逗乐了,更重要的是被感动了。

遛爸爸,亏她想得出。这话听起来不好听,想起来却蛮温馨的。

是的,我是女儿的宠物,她也是我的宠物,我们彼此宠爱对方。岁月的长河里,成长多么孤单,需要心灵的陪伴。我们一路走来,相互陪伴,相互成全,足矣。我是天下最幸福的狗!

北风吹，雪花飘

下雪了。我牵着女儿，从学琴的地方往回走。已是黄昏，路灯怯怯地亮了，路上除了鱼一样穿梭的车辆，并没有多少行人。

在走到拜将台的老街上，在一棵法国梧桐的根部，我和女儿几乎同时看见一位身材瘦小的中年妇女，半蹲着，怀里搂着一个婴儿。她的嘴里一直在说话，但说的是什么，听不清，似乎在哄孩子，让他睡觉。女人一边哄，一只手一直在不停地搔头部，似乎奇痒难忍。

女儿尖叫，小声说："爸爸，她是不是乞丐？"

从穿着和处境看，应该是。但我不愿说出口。我说，是一位母亲，你看她的怀里还有婴儿。

我和女儿凑过去。我们看见了那个婴孩。仅仅从他发黄的头发和高起的头骨，就可以判断是一个营养不良的孩子。那婴孩耷拉着眼皮，似乎已经睡着。再看那包裹孩子的被褥，是一张破旧的花布，估计是从垃圾堆上捡来的，像一把稻草，四处都在漏风。于是这母亲便不断地把包袱往怀里搂，用她身上已看不出颜色的羽绒服去加固，给孩子保暖。

可那孩子突然哭了，声音嘹亮，有点像突然触到脸上的雪花，有凛冽的战栗。女人摇晃着，也哭了，把头埋在孩子身上，似乎要为她的宝贝加上一床棉被，让他不要再哭。

女儿拽拽我的衣服，紧张地说："爸爸，救救她们吧。"

我有些木然地站着，不明白这母子俩究竟遭遇了什么。我想到更迫切的问题是：在这个即将黑下来的飘雪的夜晚，她们母子该如何度过？就这样一直在树下蜷着？我的脑海里迅速闪过那个经典的童话：《卖火柴的小女孩》——原来贫穷和严寒从来都不曾离去！

　　女人依蹲在法国梧桐树根部。她这样做，是因为那树上绑着一张陈年的幕布，在白天，这里是一个水果摊。现在幕布成了她有限的庇护。她抬起头，很有些茫然地看着街道，看了很长时间，似乎在做什么艰难的决定。然而她吸了几下鼻子，还是把头低了下去，埋在了孩子的身上。

　　于是我便看见女人的头上有了零星的雪花。是风从幕布的外面吹来的，风反复扑打着女人的耳畔，撩起的几缕鬓发就像是旗帜。风，这个穿着隐身衣的家伙，它更像是一个四处奔走的告密者。它企图要说出的秘密是什么？

　　是的，女人已经麻木，她已完全听不见风对她说了什么。她只是徒劳地抱着孩子，尽量把孩子抱得更紧一些。可是，那孩子还在哭，于是她在抱紧的同时又开始摇晃。她的摇晃却使孩子的哭声越来越大……

　　女儿又拽我的衣服。

　　我从怀里掏出一百块钱，想一想，又加上了二十块零钱，放在孩子的被褥上，对女人轻声说："赶快找个暖和的地方吧，孩子可受不了！"女人抬起头，惊惧地看看我和女儿。她把钱攥在手心，甚至都来不及想一想，弹起来，向西面跑去了，跑了几步，又停住，打了几个转，仿佛漩涡，最终向北而去了。

　　我和女儿默默地往回走。雪越下越大，我很自然地想起了那首经典歌曲：北风那个吹，雪花那个飘……想到了悲苦的杨白劳

和他的女儿喜儿,以及我自己幼年的生活:

我记得那也是一个冬天,应该是春节前,镇上有交流会,热闹异常,有很多好吃的东西,还有各种好玩的杂技。我们姐弟几个多次央求母亲带我们去,可母亲总是推脱,说家里的房子已漏得不行了,开了春,一定要想办法修新房。所以,整个寒假,母亲都领着我们几个从很远的地里往家里拉土,说是要做土砖土坯,有时还带我们去秦岭浅山里砍木头,说是要用来做椽子。随着春节的临近,母亲的"冷酷"换来了我们一致的抱怨。终于有一天,下雪了,我们姐弟四个偷了家里一块钱,谎称去外婆家,然后去了镇上。交流会在一片新平出的土地上,花花绿绿的东西很多,我们在人群里挤来挤去,知道没什么可买的,最想去看杂技。可看杂技是要门票的,比如摩托飞车、上刀山下火海。一块钱只够买两张门票,我们无地自容地在帐篷周围逡巡、游转,渴望从缝隙里看到点什么。热辣辣的高音喇叭喧嚣着,诱惑着我们,我们想象着,煎熬着,清楚我们没有资格去挥霍。最后,姐姐头一拧,用五毛钱买了二两瓜子,又用五毛钱买了两个热烧饼,掰成四份……回家的路上,姐姐害怕了,说钱花没了,母亲一定会打她的,怎么办?

一路上,我们都在担惊受怕,都在后悔那花出去的一块钱。最后,姐姐决定让我们先回家,看看母亲的反应。结果那天母亲因为忙,似乎并没有发现,于是胆小的姐姐在外漂了大半天,后来下起了雪,而且天快黑了,母亲质问我们姐姐野哪去了?我们才说出实情。

母亲听后,一屁股坐在院子里,号啕大哭起来,犀利的声音北风一样呼啸,雪花扑打在她脸上,风抓乱她的头发,悲伤让母亲变得疯狂,她充满怨恨地拍打着自己的双腿……母亲瞬间就改变了往日的模样。我们呆傻地看着母亲,一筹莫展,心里恐惧极了,不明白是什么让母亲伤心欲绝,不明白接下来还会发生什么。

想着往事,想着杨白劳和她的女儿,以及刚才看见的那个女人,我忍不住哼起:北风那个吹,雪花那个飘……在那部家喻户晓的戏里,悲苦的杨白劳,大年三十没钱置办年货却还是给女儿扯了三尺红头绳。喜儿手捧红头绳,喜极而泣,在北风和雪花里旋转起来,手舞足蹈,那场面是何等的欢欣明快!——那快乐里涌动着多么大的心酸和悲伤呀!

是的,北风一直在吹,雪花一直在飘。贫穷和严寒从来都不曾离去过。悲伤总有它的源头。刚才遇到的那位母亲,我号啕大哭的母亲,她们都是母亲,与冬天有关,与风雪有关。细想起来,为了子女,为了家庭,哪个母亲没有饱尝过艰辛,被岁月的风霜雨雪蹂躏和击打。

当我们长大,母亲老去,头发渐白。母亲给了我们无法磨灭的温暖,因为她一直在为我们庇护严寒,从而头上渐渐积满了雪花!

和父亲的距离

老实说,在我的少年时期,我和父亲就有了隔膜。

父亲在铁路上工作,个把月才回一次家。在我的印象里,父亲从来没抱过我,肢体接触会让我们觉得不自然。记得有一年春天,放学路上,我们一帮同学叽叽喳喳地说话,某个同学胳膊把我一捣,说,你爸回来了。我抬头看,五十多米开外,果然有父亲的身影,父亲的肩上,扛着一个黄挎包。无疑,那里面有好吃的东西,以及家里需要的东西。

我烦躁起来,和同学说话已心不在焉。再往前再走二十多米,这条路就会和父亲走来的那条路汇合,虽然我心里也盼着父亲回家,哥哥、姐姐和妈妈都盼着父亲回家,可我还是不愿和父亲正面相遇,我该怎么叫他?他会怎样对我?这都让我面红耳赤,心慌乱跳。

距离越来越近,我必须得有所行动。我不知道父亲是否已经看见了我,反正我很难受,有一种逃跑的欲望。我渴望能有一条岔路口,可是没有。停下来,这也说不过去,同学们会怎样看我。

情急之下,我谎称要拉大便,让同学们先走,然后哧溜一下钻进了路边的油菜地。

这件事情,成为我记忆里的一个疼,我从来没对别人说过。我不知道父亲当时看见了我没有?如果他看见了,必定也会成为他的疼。

我和父亲的关系,就是这样超出了常理。从内心里说,我们都不愿意那样,可偏偏那样了。缺乏感情基础的亲情,尤其是两个沉默寡言的人,独自面对时就显得尴尬。在我小时候,就体会到了这一点。

记得有一次父亲回家,母亲给父亲烙了鸡蛋饼,我靠在门边,看穿着体面的父亲坐在椅子上悠闲地享用,虽然我也想吃鸡蛋饼,但我心里是高兴的,因为这个吃鸡蛋饼的人是我的父亲。当时的农村,有家长在外边工作是很了不起的,我打心眼里为父亲感到自豪。但另一方面,这个令我自豪的人却使我不敢靠近,我羞怯,有意无意地躲着他。我的心思,他当然看在眼里,这使他也不自然起来。他咳嗽一声,冲我笑笑,虽然笑得诚恳,却显得生

疏,就像分解动作一样,不够流畅,显得刻意。他把手里的鸡蛋饼扬起来,意思是让我吃。这友善的举动,却使我羞愧,我像是受了惊吓一样,迅速跑掉了……

我性格的内向,敏感,必定是与父亲有关的。在我的印象里,和父亲从来就没有过什么亲昵的举动。父亲更像是一个对立面,严厉地横在那里,不是教训便是呵斥,使我怕他,仰慕他但更恨他。

有一年春节,一大家人高高兴兴地围着煤炉吃肉,因为我吃得着急,手没拿稳,把一块排骨掉在了地上,父亲一个拳头打过来,我当即懵了。待我反应过来,我的眼泪夺眶而出,我扭头出门,冲入黑夜之中,感觉世界往下坠。那一刻,再好吃的东西再美好的事物也不值一提,我诅咒父亲,但愿他以后永远也不要回来。那个晚上,倔强的我在外边冻着饿着,也不愿回家。

后来母亲找到我,一把鼻涕一把泪劝了我很久,我一句也没听进去。我只是觉得,母亲很近,近得可以恣肆发泄我心中的委屈、怨恨,即便是冷酷的要挟,母亲也不会丢下我,对我不管不顾。

父爱的缺失,使我吃定了母亲。我依赖的母爱,也由此夹杂着斑驳的泥沙,甚至是伤害……这正是爱,很容易从一个极端走向另一个极端。

当然,我和父亲的恩怨,除了家庭的因素,还有时代的因素,我不抱怨,也不责怪,只能接受。尤其成年后,我尽量以父亲的角度去理解父亲,他的初衷,他的困境,他的脾气性格。可这一切所谓的"原谅",不过是基于理性而已——他是我的父亲,我是他的儿子,我们应该相爱,相互温暖。在亲情里,理性其实又是多么匮乏、苍白,不过是谨慎的握手,并不能发出热量。因此我和父亲的关系不冷不淡,更多的是止于礼,一直也亲热不起来。

后来父亲退休了,我们几个兄妹也相继完成学业。父亲没有人脉,找工作成了难题,我们知道靠不上他,只好四处飘泊打工。

再后来我们兄弟姐妹相继成家,聚少离多,父亲也老了,变得慈祥和轻声细语了,和孙子辈在一起时像个小孩。我懂得,这叫隔辈亲,只是一大家人聚在一起已成为一件奢侈的事情。

我万万没想到,长时间和父亲聚在一起,竟然是在他得病住院的日子。

医生告诉我们,癌细胞已大面积扩散,只能保守治疗,关键不能让病人垮掉。

我们只好瞒着父亲,告诉他是严重的胃炎,配合医生治疗慢慢就会好的。

父亲说,胃炎不可怕,这么多年不都这样过来了。他让我们兄妹几个不要太牵挂,留一个人照料就行了,该干啥干啥。

有一天我在病房的卫生间里,父亲以为我出去了,他和临床一个病人轻声交谈。听着听着,我的心里难受起来。原来,父亲早就知道了他的病情,我们瞒着他,他心知肚明。他和那个病人说:"唉,人这一辈,早晚都要走,没什么想不通,只是折腾了孩子们,每人都有工作,不能让孩子们整天耗在医院里……"

我装作什么也没听见,继续请假侍候父亲。我知道,能够和父亲一起的时间已经不多了。

一段时间的治疗后,父亲坚持要出院。我们只好答应,希望家庭的温暖能给他以慰藉。

回家后,父亲把电话簿里的号码又工工整整地重抄了一遍,尤其把日常生活中常用的那些号码,比如我们子女亲戚的电话,水、电、煤气管道的维修电话,都写在了显眼的位置。我知道父亲是怕母亲在他离去后,不能很快找到。母亲有白内障,眼睛不好,

他把那些重要的号码又用红笔在下面画了横线。

　　然后,父亲把各种卡:银行卡、煤气卡、电卡、水卡、医疗卡、公交卡等等,整整齐齐归拢在一个专用的盒子里,又把各自的密码写在了一张清单上。母亲看着这一切,什么也没说。其实母亲很仔细的,这些东西是不会忘记的,可她由着他,她知道这是父亲愿意做的事情。做愿意做的事情,又何尝不是一种幸福。

　　有天晚上,父亲把别人欠他的借条也翻了出来。其中一张额度最大的为五千元,父亲说这人他信得过,一直没还,实在是家里出了事,不要着急去要,等对方宽裕了,一定会还的。还有一张八百元的借条,父亲说,这个能要回就要,要不回来就算了,这人虽然不怎么样,但有一年帮过他……父亲给母亲交代的细节,我在隔壁房间听得清清楚楚,我心里一阵翻滚,感觉从来没有这么懂得父亲。

　　出院半个月,父亲的病情恶化,不得不又回到医院。由于药物的刺激,父亲吃点东西就呕吐,呼吸困难,咳嗽不止。我们眼睁睁地目睹病痛对父亲的折磨,却束手无策。癌细胞就像寒光闪闪的利剑,正在他的身上无情地切割。

　　看着父亲极度瘦下来,坐卧不宁,呼吸不畅,我除了握住他的手,没有更好的办法。甚至谈话也极少。在死亡面前,我们都不知道说什么好。

　　不太难受时,父亲会斜躺着望着窗户发呆,我不知道父亲在想什么,他在遥望故乡吗?在想他的父亲母亲吗?这最后的时刻,父亲依然不多说话,他把话都埋在了心里,埋在一个个细小的动作里。

　　有一天晚上,我趴在病床上陪护。后半夜,我实在困得不行,睡了过去。恍惚之中,我感觉头皮发痒。猛然间灵光一闪,我意识到父亲正在用手轻轻地抚摸我的头发。我的身体痉挛了一下，泪水哗地就溢满了眼睛，心里波涛起伏。我却最终没有起来，而是选择了继续装睡，我不忍心惊动这神灵般的爱抚，多么宝贵呀！让人心酸又幸福。

在这弥留之际，有什么不能放下？可我们还是选择了我们习惯的方式。

夜深人静，我们近在咫尺。他是我的父亲，他抚摸我；我是他的儿子，我享受他的抚摸。以不让对方知道的方式，偷偷的方式，我们完成了一个仪式，关于爱和距离的仪式。

只此一次，只此一生。蜡烛便被夜风无情地吹灭了。

孤独的母亲和村庄

我的老家在一个偏僻的小山村。我们兄妹四人，相继考上大学离开故乡，后来在不同的城市站住脚。我们"远走高飞"后，空落落的院子里就只剩下了母亲。

我们那是丘陵，一家一户都散得很开。白天还好，鸡犬相闻，可一到晚上，就万籁俱寂。母亲眼睛不好，不爱看电视，也没有其他的爱好，我不知道她是怎样打发那漫漫长夜的。母亲必定也像我们想念她一样想念我们吧。可老屋又像是一个累赘，把她给拴住了。

现在农村条件好了，吃穿不愁，装有电话，母亲隔三岔五会和我们说话，但毕竟分隔两地，远水解不了近渴，没有人陪在母亲身

边,总是让人心里不安。

　　有好多次,我们兄妹鼓励母亲和我们一起生活,也好有个照应。可母亲总是不肯,待一段时间就待不住了,要回去。原因是她舍不得那一院老屋与几亩薄田。母亲说,那是我们这个家的根。房子得有人住,没人住时间一长就荒了。为了守住这个根,她执意要留守独居。

　　为了安慰我们,母亲总是说,没事的,现在日子这样好,能有什么事?习惯了就好了。村里每家不都是这样吗?

　　是啊,方圆十里,像母亲这样孤独的老人难道还少吗?为了能多挣几个钱,农忙一过,村里的年轻劳力都候鸟一样飞走了,飞到城里打工去了。条件好的家庭,把孩子也送到城里去读书。生源急剧减少,村里的小学不得不撤掉,和另几所小学合并。我曾听母亲讲,在我们东边的一个村子里,有一个老太婆,七十多岁,带着一个宝贝孙子,主要负责给他做饭。一天下雨,孙子放学回来,去电饭锅里舀饭,估计是电饭锅旧了,漏电,孙子被电击后大声尖叫,老太婆没常识,情急之下,扑过去拽,结果也被打死了。

　　令人毛骨悚然的是,他们婆孙死后的第三天,才被人发现。

　　还有一个老大爷,儿女们都在城市里,很有钱,农村的房也翻修成了楼房,还专门请了村里的一个大嫂来给老大爷做兼职保姆,照顾他的生活。楼房里有的是干净的洗手间,可老大爷不习惯,偏要上茅房,结果有一天,脚没踩好,掉进茅厕淹死了。当时周围没有一个人。此事曾闹得沸沸扬扬,那大嫂也很叫冤,说她只是兼职,她总不能扔下家里的事情,时时刻刻围着他转吧?她又不是他的儿女,她没有这个义务。

　　诸如此类的事情,隔一段时间就会发生一起,每次听见都让人心惊胆战。母亲却轻描淡写,说她身体好着哩,还没到要让人照顾的份上,让我们在城里好好工作,过好自己的日子,不必为她担心。

作为儿女,我们又怎能不担心?

我们曾多次郑重地和母亲坐下来商量,让母亲卖掉老屋跟我们一块在城市生活。母亲说,那不可能,总不能没了根基,她还想着什么时候把房子翻修一下呢。我们说,修那么多房子谁住?母亲说,你们不住,小辈们住,当别墅住。母亲的话,让我们哭笑不得,无言以对。

我们劝母亲,忙碌了一辈子,也该退休享享清福了。母亲却斩钉截铁地说,农民哪有什么退休的说法,死的那一天就是退休。母亲的话,让人听着伤感,有一种漠然的决绝。也不知为什么,作为儿女,每次我们想尽孝时,却找不到有效的通道。我们的孝顺总显得有些自以为是,苍白无力。每当此时,唯有在心里告诫自己,多抽时间回老家陪陪母亲。

我能感觉到,母亲和村庄正在变得愈来愈孤独。而这种孤独,远非我们这些做儿女的在电话的另一端所能温暖的。

因为长期独居,母亲养成了自言自语的习惯。因为寂寞,母亲就一双一双地给我们纳鞋底,明明知道我们不一定用得上,就是停不下来。也许,母亲就是要用这样的方式来打发乡村夜晚的寂寥和对我们的思念吧。

事实上,有时半夜醒来,我总是好长时间睡不着。这样的离散,难道是成长的必然吗?高尔基说过,世界上的一切光荣和骄傲,都来之母亲。而我想说,世界上的一切牵肠挂肚,也来之母亲。每一次读到"树欲静而风不止,子欲养而亲不再"。都心痛不已。母虽在,又奈何?孝心存,又奈何?

让我痛彻的不是母亲衰老的容颜,而是她的孤独,以及和母

亲一样日益孤独的村庄。

路上的希望

1

有个年轻人,父母是农民,家里条件不好,他很苦闷,离开家乡出外打工。

他走啊走,不知走了多长的路,眼前出现了一条河,挡住了他的去路。他左右看看,河上没有桥。河滩上有一老伯,正在钓鱼,旁边有个七八岁的孩子。

他想,这河上没有桥,怎么过去呢?

他正犯愁,只见小孩扔下鱼竿,噌噌地从水面上跑了过去。

他大吃一惊,以为见到了什么世外高人。他想请教老伯,却不好意思。他叹口气,决定顺河而行,河上总会有桥的。

然而他刚走了几步,那小孩又噌噌地从水面上跑了过来,盯着他嘿嘿地笑。显然,小孩在嘲笑他。

他被激怒了。小毛孩,你能过,难道我就不能过?他估计这河水不深。于是,他也噌噌地跑过去。结果咕咚一声,掉在了河里。幸好老伯及时用鱼竿把他拉了上来。

看着他狼狈的样子,老伯忍不住哈哈大笑。

老伯说:你不懂,为什么不问呢?

他尴尬地说:那好,我问你,为什么小孩能过,我不能过?

老伯说:因为小孩知道真相,而你不知道呀。你不知道,又不问,还打肿脸充胖子,其结果只能是掉进水里,成为落汤之鸡,被人耻笑。

原来,这河上是有桥的,只不过刚涨了水,没过了桥面而已。

这件事让他羞愧难当,好在长了见识,明白了有一种真相,叫被水淹没的真相。

2

他在京城打了几年工,天天加班,挣了一些钱,但觉得好枯燥。

他喜欢上了摄影。他辞掉工作,决定去追求理想。

他沿着黄河一路向西,他决定要亲身去体验一下西部的荒凉、粗犷和神秘。

一天,他徒步走在茫茫戈壁,走得口干舌燥,包里的水也喝光了。他清楚,天黑前如果找不到有人居住的村庄,就麻烦了。

日已西斜,他又渴又饥又累又怕。正当他绝望之际,突然看见前面不远处有几个瓦片似的东西。他奔过去,拾起来一看,原来是几块吃过的西瓜皮,虽已干瘪,但由于是扣着的,内瓤上多少还有那么一点诱人的水分。

他当即吮吸起来,同时断定,离有人的村庄应该不远了。

终于,他看见了一条村路。让他激动不已的是,前面不远处的路边,有一位维吾尔大叔摆了一个西瓜摊。他狂奔过去,买了西瓜爽快地啃了起来。因为太兴奋,每吃完一牙,他都豪气地把西瓜皮抛出很远,仿佛在庆祝胜利。

等他吃完,准备上路,发现大叔把他扔掉的西瓜皮又捡了回来。

这里地广人稀,至于如此重视"环境保护"吗?

他疑惑地看着大叔,见他把那些捡回来的西瓜皮都倒扣着,依次摆放整齐……

刹那之间,他泪如泉涌。

他明白了先前遇到的那些干瘪的西瓜皮是怎么一回事了。

他调整好镜头,拍下了这苍凉又温暖的画面。

大叔告诉他,把吃过的西瓜皮保存下来,是本地的一个规矩。至于把西瓜皮倒扣起来,是为了让水分蒸发得慢一点,好让找不到水的人有个应急。

这件事让他又长了见识,他明白了"规矩"不完全是束缚人的东西,"规矩"里也有智慧和美德。

他的这组"完美的规矩"的摄影作品,使他获得了大奖。他一举成名,后来转行当了导演。

3

几年后,他功成名就,衣锦还乡。

回他的家乡,要翻过一座山,穿过一片茂密的森林。

他已经有了丰富的人生阅历,他想徒步,像他当初走出来时那样,再一步一步走回去。

不幸的是,他高估了自己的能力,在森林里,他迷路了,走了一天一夜都没有走出去。

东西已经吃完,他有种不祥的预感,他觉得自己很有可能会死在这里。

他筋疲力尽,他好想休息一会儿。他靠在树上,睡着了。

在睡梦里,他看见了当年给他指点迷津的老伯,他认为他就是天使,请求老伯为他指明方向。

老伯说，我也不知道出路在哪里，你继续往前走吧。走着，就是希望。然后老伯就不见了。

他想不到老伯会这样回答他。他已不是毛头青年，"走着，就是希望。"他厌倦此类冠冕堂皇的话，确切地说已经不再相信。

他想，死就死吧。于是他在睡梦里睡了过去。

在睡梦里死去后，他的灵魂出于好奇，按照老伯的建议继续朝前走。他走啊走，走啊走，不知走了多长时间。一方面他意识到自己在偌大的森林里就像是一头盲目的毛驴；一方面又发现这样不懈地走着也并非先前想象的那样悲观。虽然没有食物，森林里有的是现成的果实和花朵，甘露和小溪，只要肯走，哪怕是瞎走，也不会饿死。

他对森林里的植被有所了解，而且也能够借助太阳分辨出方向。就这样，他开始有了自己的判断。他加快了脚步，密切注视森林里环境的变化。

终于有一天，在一个岔路口，他恍惚看见了一个小孩，很像当年在水面上跑来跑去的那个小孩。

他兴奋地追过去，定睛一看，哪里有什么小孩，不过是一个硕大的蘑菇。这个蘑菇，长在一堆牛粪上。

牛粪！牛粪！他惊喜地跳起来，像是收获了一个天大的喜讯。

他无法想象，他苦苦寻找的希望，竟然会在一堆牛粪里！

他抓在手里，确信是牛粪！只要他顺着牛粪走下去，必定很快就会找到人家，找到了人家，就找到了出路。

他想起了老伯说过的那句话："走着，就是希望。"

他相信了这是一句大实话，并非是用来蒙人的。可他忽然想到，他已经死了。

4

　　一步步惊吓之中,他后退后退着醒来。他发现自己还困在森林之中。他好高兴,仿佛自己还是个孩子,还是当年出走时的模样。

　　他坦然地看看周围的环境,他毫不犹豫地向前走去。他的心里只有一个念头,回家。

　　能不能回去他不确定,但他庆幸自己不是在梦中,他至少还有回去的机会。

　　哪怕渺茫,也是走在回家的路上。